Senryu jotatsuh

一句一句、丁寧に解説！

添削から学ぶ川柳上達法

三上博史

Mikami Hiroshi

新葉館出版

添削から学ぶ 川柳上達法 目次

添削から学ぶ　川柳上達法

川柳とのつきあい方

川柳とは長いつきあい

雪

三好 達治

太郎を眠らせ、太郎の屋根に雪ふりつむ。
次郎を眠らせ、次郎の屋根に雪ふりつむ。

右の有名な詩を、私はたしか中学時代の国語の教科書で学びました。いや正確に言うと学ばなかった。中学生の頃は思春期に反抗期、こんな詩の一体どこが面白いのか、内心馬鹿にしていたというのが正直なところです。中間や期末の定期テストにも出るということでそれなりに仕方なく勉強し、頭の隅に残っていたのかもしれません。

長じて私も、太郎や次郎ではなく一児の父親になりました。その児（娘）が子供の頃、冬になると雪が降るのを待ち望み、実際に降り出すといつもはしゃいでいました。これは子供として自然な振る舞いですが、サラリーマンとして働いている親としては、通勤のことなどを考えると雪は厄介な代物でした。

子には子の親には親の雪催い

博史

川柳とつきあい始めて数年後、こんな句を詠みました。自然に出てきた句です。実感句であり、今でも気に入っています。

その頃に冒頭の三好達治の「雪」も、なぜか急に思い出したのでした。短い詩だが、なんと感慨深いものなのだろうと改めて感じ入ったのです。そしてこの詩の意味を私なりにきちんと理解しました。特に「太郎の屋根」「次郎の屋根」の措辞にはただ感嘆するだけです。

詩でも川柳でも、一読して分からないものは読み捨てられるのが普通でしょうか。分からないからと言って、いちいちそれに拘っていてはきりがありません。しかしどうしても引っ掛かる名句や特選句に出合います。なぜ名句なのか、どうして特選になったのか。それがすぐに理解できず、しかしそのまま放置しておくこともできない。さて、これらとどう向き合うか。

忘れてしまうことは簡単ですが、とりあえず暗記する。これが一つの方法になります。暗記しておくと、何かの拍子に思い出して、これはこういうことだったのかと閃きます。これは物凄い快感になります。頭の中のもやもや感がすっきりするのですから当たり前のことですが、川柳が止められない理由になります。

無理してすぐに他人の句を理解しようとは思わない。ゆっくりでいいのです。いつか分かる時が来る。気長に句を鑑賞しましょう。川柳はその方がおもしろい。

そして川柳の上達方法も然り。川柳と長くつきあう、これが川柳を上手に詠むうえでの基本的な心得です。裏を返せば慌てない、焦らない。一〇年、二〇年のタイムスパンで川柳とつきあっていく。そうすれば誰でもいずれは自分で納得がいく句が詠めてきます。

もし、二〇年経ってもなかなかそうならない人がいたら私に連絡してください。（笑）

本書には、柳歴三〇年近くの間に私が蓄積した川柳への考え方を随所に盛り込んでいます。既存の入門書とはまた違ったアプローチで、初心者のみならず中級者の皆さんにも何かしら新鮮な発見がある、そんな入門書になるよう心がけたつもりです。

担当している添削教室に寄せられた生徒さんの作品を実例に、私も一人の川柳人として作句者の気持ちに寄り添いながら句と向き合い、読者の皆さんとともに川柳上達の方法を探っていきたいと思います。

テーマ「鮮やか」

「中七《なかしち》は必ず守るべきですか」という質問がありました。答えは、初心者は中七を必ず守ってそのリズムを摑んでください、です。五七五の定型に出来るだけ収めてください。言葉の選び方でどうしても無理と思った場合、六七五、七七五というように上五《かみご》を字余りにしてください。

これはすぐには理解できないことかもしれませんが、川柳と長くつきあう覚悟があるのなら、いつか必ず分かる時が来ます。定型からはみ出ているサラリーマン川柳や時事川柳は例外だと理解してください。初級から中級者になったと自覚したなら、自分なりのリズムで定型を超えた作句をしてもいいでしょう。それまでは定型厳守です。

参考までに言いますと、ピカソや岡本太郎などの前衛画家、抽象画家も初期の頃は素晴らしい具象画を描いていました。自由律の俳人も同じです。すべては基本の上にあることを自覚しましょう。

原句　鮮やかなプラネタリウム癒やす心　S.M.（男）

プラネタリウムを見つけてきたのはいい発想です。そうすると上五の「鮮やかな」は不要になるのではないか。課題はあえて詠み込まなくてもいいでしょう。添削句に「観て飽きず」と入れましたが、これで鮮やかさが十分伝わると思います。下六《しもろく》も気になります。

添削 子に還るプラネタリウム観て飽きず

原句 たそがれの海をポッンと二人占め S.M.（女）

下五《しもご》の「二人占め」は初めて聞く言葉です。一人占めに対してカップルなどの二人占めという意味なのでしょうか。なかなか理解できません。感想に「夕日はきれい云々」と記されていましたが、これを取り入れましょう。上五の「たそがれ」は寂しさが漂います。原句の趣旨からかなり逸れてしまいますが…。

参考 夕焼けが綺麗二人は結ばれる

原句 鮮やかに夜空彩る大花火 I.E.（女）

「鮮やか」「夜空」「彩る」「大花火」、これらは言葉がくっついています。被っています。二つぐらいを残して、あとは思いっきり省きましょう。そして、花火大会を見物したことだけでなく、自分の内面へも切り込んでいきましょう。ぐっと詩情が出てきます。

参考　心まで彩られます大花火

原句　鮮やかに九回二死の逆転打　S.T.（男）

着想は既に何度も詠まれたものですが、課題「鮮やか」でこれを改めて詠むことは新鮮に思えます。添削するところがありません。うまくまとまっています。九回裏に拘らなければ、こんな詠み方も出来るかと思います。

参考　満塁打一気に風を裏返す

原句　手ぎわ良く手早くできていい子なの　N.H.（女）

子育てのことを詠んだのでしょうか。課題「鮮やか」に子育てを結びつけるには、思い切った情景を持ち出さないと、読み手の共感を得られないでしょう。むしろ成長した我が子の立ち居振る舞いに鮮やかさを見つけた方がいいのではと思います。上五が字余りになりますが……。

参考　包丁裁さも見事娘はもう二十歳

原句　廃村に紅い灯ゆれて曼殊沙華　O. A.（女）

中七の「紅い灯ゆれて」がいい。秋風にゆれる花と廃村という静かな世界（背景）とが合わさって、うまい構成になっています。小さく動くものと、大きく動かないものとの対比とも言えましょうか。強いて言えば、中七にある「て」が理屈っぽい。「た」に変えることによって中七と下五に少しの間ができます。これで、紅い曼殊沙華のゆれる様が一層引き立ちます。

参考　廃村に紅い灯ゆれた曼殊沙華

原句

鮮やかな仮装行き交うハロウィーン

S.Y.（女）

毎年ニュースとなる東京渋谷の交差点の光景が目に浮かびました。しかし事実を述べただけのようなひねりのないまとめ方になってしまいました。「鮮やか」を詠み込むのはやめましょう。題から少し離れてしまいますが…。

添削

仰天のメイク彷徨うハロウィーン

原句

囲碁将棋最年少の白と黒

S.A.（女）

囲碁と将棋の二つを持ってきたのは虻蜂取らずです。どちらかに絞りましょう。添削句は余韻を残すような下五になっていますが、課題を詠み込んだので許容範囲だと思います。

添削

最年少オセロゲームを鮮やかに

原句

もみぢ色すっぽり抱かれ露天風呂

T.E.（女）

露天風呂でもみじ色に抱かれるという発想はひねりがあっておもしろい。上五の「もみぢ」は旧仮名遣いですね。これは直しましょう。それと上五を五音にまとめたのは舌足らずです。ここは字余りでも「もみじ色に」としないと滑らかではありません。

参考

もみじ色にすっぽり抱かれ露天風呂

日記代わりに詠む川柳の功罪

川柳を上達するためには五七五のリズムを習得しなければなりません。自分の思いをうまく吐きながらリズムも摑んでいく。日記のようにして毎日川柳を詠むことは、川柳鍛錬の恰好の場になるでしょう。

一日を振り返って、それを総括するように五七五を詠んでみる。あるいは一日の出来事の中で特に印象に残ったことに焦点を当ててそれを詠み込んでみる。これは正直に思ったこと、素直に感じたものを表現している訳ですから嘘偽りがない、作りごとではないと言い切れます。それを読む側もすんなりと味わう、鑑賞することができます。

しかし、私も所属する下野川柳会の柳誌「川柳しもつけ」の近詠欄「杉並木」で、会員の皆さんの作品を読んでいると、日々の出来事を切り取り、実感句としてそれなりにうまく詠んでいることは分かるのですが、今一つもの足りなさを感じる作品に出合うことが少なくない。五七五の定型を守るだけでは川柳にならないことをもっと自覚すべきだと思います。

川柳はそれを読む人があっての詠み手、作者なのです。日記のような自分だけの世界のことを川柳として報告されても、読む側としてはそれをそのままに感動することはできない。

もっと読む側の心を意識した詠み方をしないと作品としての思いは伝わらないのです。

冷ややかに言えば、他人の毎日の暮らしなどに人間は余程のことがない限り興味を持ちません。そして余程のことは、身の回りに毎日起こる訳がありません。

それではどうしたらいいのか。少し自分を客観的に眺めて、句になりそうな出来事をふるい分けする。そこから残った印象の強いことについて、句のテーマとして改めて向き合い、作品として作り込んでいく。そして、時間をかけてテーマに対する自分の思いを熟成させていく。そうすると目から鱗が落ちたように句がすんなりと吐ける時があります。これが川柳を詠む喜びにつながる訳です。

さて、次の句を紹介します。

平成七年一月十七日　裂ける　　時実新子

阪神淡路大震災を詠んだ有名な句ですが、これを読んだある被災者が、震災に遭った現実の悲惨さはこんな句で表現されるようなものではなかった、と反論したのです。それも理解できることではありますが、被災者でもある時実新子が吐いたこの句をじっくり鑑賞してみると、深い味わいがあることに気づきます。地震が起きて大地ばかりではなく人の心や絆までもが裂けてしまったのです。人間としてどうすることも出来ない事態に直面した心情が見事に昇華されると、定型を超えたこんな句になるのだとしみじみ感じ入ります。
日記代わりに詠む句の題材と阪神淡路大震災という大災害とでは、物事に天と地ほどの開きがあるでしょう。しかし句を詠む姿勢そのものは同じです。日常的なことを詠む場合でも、新子の作句姿勢は少しでも見習いたいものです。

テーマ「早い」

課題「早い」に「速い」で詠んできた句がありました。早いものは速いところがあり、速いことは早くなる場合もあることを考慮すると、「速い」として詠んだ句も受け付けました。要は和語（大和言葉）の「はやい」に中国から伝来した漢字の「早」や「速」を当てただけとも言える訳ですから。

原句

待たされる挙句の治療あっけない　S.M.（女）

大病院の三時間待って三分の診療を詠んだものですね。最近はいくらか改善されてきていますが、病院とは、とにかく待つことを辛抱しなければならないところです。下五の「あっけない」の誇張表現が効いています。参考句は中七に少し間を入れてみました。

参考　待たされた挙句治療があっけない

原句　旅プラン安い早いと時刻表　H.K.（女）

感想に、時刻表で空想の旅が出来る楽しさのことが書かれていましたが、ネット社会になるまでは本当にそのとおり、時刻表は万能、完全無敵の一冊でした。中七の「安い」と「早い」を同列にしているのが引っ掛かります。安い宿が早く決まるということでしょうから、すんなりそれが読めるようにしましょう。

添削　時刻表安近短がすぐ決まり

原句　健診で早期発見幸を得る　S.T.（男）

下五の「幸を得る」は少し大袈裟かな。硬い言い回しでもあります。そもそも早期発見をするために健診を受けるところがありますから、中七の「早期発見」も省いていいのでは。

添削 **健診で命拾いのがん告知**

原句 **耳よりなニュース世界を馳けめぐる** I.E.(女)

下五の「馳けめぐる」は「駆けめぐる」の表記が正しい。辞書で必ず確認してください。句意はそのとおりのことを述べているだけなので、例えばインターネット(これも既にかなり定着していることですが)などの小道具を持ってきましょう。

添削 **耳よりなニュースネットを駆け回り**

原句 **早ければいいわけじゃないタイミング** B.H.(女)

拙速とか巧遅とか言いますが、この句は教訓調になっている嫌いがあります。教訓調を払拭するには具体的な何かを持ってくることです。フィクションを混ぜ込むと句意は変化しますが、一気におかしみが出てきたりします。どーんと笑わせちゃいましょう。

添削　早ければいいわけじゃないプロポーズ

原句　禿と皺時も忘れてクラス会　K.M.（男）

身体の特徴をあからさまに言ってしまうと興趣が削がれてしまいます。婉曲的な言い回しが出来ないか工夫する必要があります。

添削　クラス会尽きぬ話へ夜も更ける

原句　メン一本早技すぎて目に見えぬ　O.A.（女）

全体的に川柳としてのひねりがない、当たり前の感想表現になっています。言葉遊びも取り入れて添削してみますか。ついでに韻を踏ませましょう。添削句は、剣道の試合とそれを観ている作者とのダイナミックな関係が浮き彫りになっていると思います。

添削 早技のメン一本に面食らい

原句 孫たちに早く早くと背を押され N.H.(女)

情景が素直に浮かびますね。お孫さんとお祖母ちゃんとの和やかな光景が読む人をほのぼのとさせます。少しだけ言わせてもらうと、上五の「孫たち」はあえて複数にしなくてもいいのではないかと感じました。

参考 孫の笑み早く早くと背を押され

原句 まだまだと老人クラブ仲間入り S.Y.(女)

これは句意が曖昧のままです。まだまだと思いながらも老人クラブに結局入会したのかそうしなかったのか、読み手には不明のまま終わっています。何かもう一つ持って来ましょう。上七になりますが…。

参考　老人クラブなんてまだまだ登山靴

原句　手際よく野菜切る音朝の歌　S.Y.（女）

これはうまい。中七の「野菜切る音」と下五の「朝の歌」が対句的な表現になっています。見事な技巧を使っていることに感心します。音が歌に転じていく様子が軽やかに表現されています。秀句でしょう。このままで。

原句　早起きが得意になった年の数　T.E.（女）

中七の「得意になった」があまりにも直接的です。何か工夫しましょう。中七を工夫したら下五は一般的な言い回しの「年の功」でいいと思います。添削句にすれば、家族愛もさらに深まったような気がしませんか。

添削　早起きのことなら無敵年の功

日記は単なる文書記録としての情報です。仮に日記を五七五でリズミカルに書いた場合でも、当たり前ですがそれは即川柳にはなりません。もしそこに文芸性を醸し出すならば、人に読んでもらうことを意識することが必要になります。

それは単に言葉で表した事実（出来事）以上の何かを伝えたい、分かってもらいたいという書き手の欲求がないといけないでしょう。日記を書くことが習慣になっていて、そこからさらに一歩踏み出して川柳に仕立てようとするには、自分以外の読者を漠然とでも意識するという緊張感が必要です。

他人の評価より自分が満足する句を

いきなりカミングアウトしますが、私はへそ曲がりの性格です。若い時分はこれを持て余していました。しかし、人間の性格は変わるものでもありません。

三〇代後半の頃から少しずつ開き直り始めました。川柳という生涯の友に出会って手応えを感じ、自分の人生に対してそれなりに自信と自覚がついてきたからです。へそ曲がりという劣等感を抱え、周囲の目を気にしながら生きていくにも程があります。誰でも人生のいずれかの時期に差し掛かると、自分に向き合って開き直るのではないでしょうか。

へそ曲がりというのは、みんなが右に行けば私は左に行くという、反対の言動、思考をする性癖の人間です。これは川柳を詠む上で実は有効なツールになると思っています。

大多数が賛成していることに対して、あえてその仲間に入らないという立場は、同調圧力に耐えながら孤立した自分を何とか持ちこたえるために、それなりの緊張感を強いられます。しかし他方で物事を鋭く観察する眼も養われてきます。こういった経験の繰り返しから句の材料は確実に生まれてきます。

時事川柳を詠む場合などに一番威力を発揮します。みんなが同じことを考えていたのでは面白味がないどころか、そもそも川柳になりません。へそ曲がりが反対のことを唱えて詠むということは社会の盲点を突くということでもあります。当然注目されます。なるほど一理あるなあ、と感心させることもできます。そうなると、へそ曲がりとしてはしてやったりとほくそ笑みたくなります。

これは時事川柳に限らず、雑詠や題詠の場合でも同じです。大方の人間と違う奇抜な発想を得意とすることが出来るからです。花を見ても空を眺めても、在り来たりの発想しか生まれないようでは月並な川柳しか詠めません。人と違う着眼点がなければ、独特の詩情は生まれないのです。

時実新子は、ちょっと不幸な人の方がいい川柳を詠めると言っていました。私は平々凡々な人間ですと宣う人間がいい句を作れる訳がありません。このことはもの書き全般に言えることです。小説家などという存在は、どこか奇人変人的な気質（へそ曲がり的な要素）がないとペンを執れないでしょう。もちろん、生い立ちや人生経験の特殊性がその根底にあります。

何故自分は川柳を詠むのか、その原点を振り返ってみましょう。人に誘われたからとか、暇な時間ができたからとか、ありきたりの理由など捨て去って自分と向き合ってください。

平凡そのもの、どこにでもいるような存在、そんな人間はいません。普通の暮らしというのも変な言い方ですね。普通って何なんでしょう。収入が平均的だから普通なのでしょうか。周囲を眺めればこれは当てはまらないことが判ります。

一人ひとりという個の存在に普通も平均も関係ありません。存在そのものが他に比べようがないものなのです。こういった考え方になって初めて、他人の評価よりまず自分が満足する句が詠めるのです。

へそ曲がりとまではいかなくとも、大多数の人間と自分はちょっと違うなという思いは間違った考えでないことを改めて認識してみましょう。まず、全員賛成、全会一致などというものに対して懐疑的になる、違和感を持つのです。

自分一人が考えていることを川柳に詠んで、一人満足していると、ある時ある所からひょんなきっかけで共感してくれる人が現れてくるというものです。これも川柳のおもしろさの一つです。

テーマ「歩く」

原句　登山歴残す男のピンバッチ　H.K.（女）

課題を詠み込まずうまくまとめましたね。私も山登りを趣味にしていたので、情景が目に浮かびます。中七の「残す」は他動詞。これを自動詞の「残る」にすると弱くなってしまいます。なお、下五の「バッチ」は英語のスペル的には「バッジ」が正しいのですが、促音の「っ」の次に来る濁音は日本語的には清音になる傾向がありますので（肩パッド→肩パット、ベッド→ベット）、これはこれでいいでしょう。なお、登山歴は男性に絞り込まなくてもいいような気がします。

参考 登山歴光らせているピンバッチ

原句 術後朝歩け歩けのナース声　S.M.（女）

上五の「術後朝」、下五の「ナース声」は、むりやり定型に収めようとして思いついた、こなれていない造語のような気がします。近年の医療では、手術後の速やかなリハビリを重視する傾向がありますので、これを踏まえて直してみました。

添削 とりあえず歩けと術後励まされ

原句 爽やかに挨拶響く散歩道 S.T.（男）

素直に詠んでなかなかいいのですが、「てにをは」の一字を直させてください。理屈っぽさが少しとれて、挨拶の具体的な言葉を想像したくなりませんか。

参考 爽やかな挨拶響く散歩道

原句 万歩計百才までにあと一歩 S.A.（女）

中七の「百才」は「百歳」が正しい表記です。「百歳」と「あと一歩」の関係が分かりづらいのですが、奇抜な発想と思えばおもしろく感じられます。ここは素直に分かりやすく直してみました。

添削 百歳を視野に入れてる万歩計

原句
誕生日餅を負わされ歩き初め
I.E.（女）

一升餅のお祝いのことを詠んでいますね。一歳の誕生日にお餅を背負わせて歩かせることはそもそも無理がある話ですが、とにかく子どもの健やかな成長を願うためですから、無理も道理もありません。川柳的な皮肉を入れ込みませんか。

添削
一升餅親の欲目も背負わされる

原句
一日の終わりに笑う万歩計
O.A.（女）

うまく万歩計が擬人化されています。参考句は中七に間を入れて句に広がりを持たせました。違いを味わってください。

参考
一日の終わり微笑む万歩計

原句

手を振って歩いて行くわどこまでも　N.H.（女）

上五の「手を振って」は、腕を上げてということでしょうか。その後にどこまでも歩いて行くことが詠まれているので、そう解釈することが自然でしょうか。それを踏まえると、手を振って歩いて行く軽快さが出ていますね。もう一歩さらに突き進んでいきましょうか。振った手に連動して上げた足も軽くなるコントラストを詠み込みましょう。

添削

手を振って歩けば軽い二本足

原句

孫と旅あれよあれよと万歩計　B.H.（女）

お孫さんにリードされっぱなしの光景が目に浮かびます。中七下五の「あれよあれよと万歩計」の措辞がうまく出来ています。気がつけば何歩歩かされたことでしょう。

参考

万歩計孫の機嫌に歩かされ

原句

ウォーミング朝の歩きに爺と婆 K.M.（男）

上五の「ウォーミング」は「ウォーミングアップ」を縮めたものですね。意味は分かりますが、表現として無理があります。「朝」ということ、「爺と婆」であることは敢えて詠み込まなくてもいいのではないですか。

添削

ウォーミングアップにまずは散歩する

原句

すっすっす額に風がやわらかい T.E.（女）

上五の「すっすっす」は独自のオノマトペですね。これは大事にしたい。しかし課題「歩く」との関連性が稀薄になっています。そこら辺りを強めましょうか。額の汗にズームインされる散歩の光景を目に浮かばせましょう。

添削

すっすっす額に風が来る散歩

原句 **靴紐を結び直した日本晴** S.Y.（女）

これは佳句ですね。靴紐と日本晴に関係性を持たせる。いい発想です。読み手も素直に納得します。靴紐の結び具合から見上げた空に広がる青さへの展開がダイナミックですね。拙句にこんなのがあります。ご参考までに。

靴べらにストンと落ちていく決意 博史

原句 **ただ歩くその幸福に感謝して** O.A.（女）

入院中の素直な実感を詠み上げています。下五の「感謝して」も言い切り表現（感謝する）ではなく、余韻を残す効果が出ています。このままで。

原句 **朝歩き元気をもらう鯉の群れ** K.M.（男）

鯉から元気をもらう発想が独創的です。早朝のまだ眠たい気分を鯉の飄々とした泳ぎが払ってくれたことでしょう。このままで。

川柳的な穿ちの視点を持つには

関川　岳司

裏切った方も今夜は眠れまい

今から二〇数年前、私が川柳をやり始めて楽しくてしかたがなかった時分、この句に出合って己の後頭部を鈍器で殴られるくらいの強烈な衝撃を受けました。作者がどういう方か知りません。知る必要もありません。作品の素晴らしさだけで充分なのです。上五、中七と読んでいって下五でとんでもないどんでん返しの措辞を持ち出してくる。これには完敗、脱帽するしかありません。

裏切られて悔しい思いをし、床に入ってもなかなか寝つけない。そういう日が何日も続く。それが高じればいわゆる不眠症になっていくのかもしれません。当人の心境が如何ばかりのものか、これは察するに余り有る出来事があったのでしょう。

しかし、少しだけ視点を変えてみる。改めて冷静な気持ちを取り戻して客観的な態度になってみる。裏切った方は、毎日安穏に暮らしているのだろうか。裏切ったことの罪悪感を露ほども持っていないのだろうか。よくよく考えてみるとそんなはずではないことに、ふと気がつきます。

そこから何かが見えてきます。裏切った加害者、裏切られた被害者の単純な二項対立的な思考パターンに陥ってはいけません。裏切った方にはそれなりの訳があった。裏切られた方にも脇の甘さなどがあった。そういうふうに、実際の状況というものは複雑なものです。それが人間の心理というものです。

黒澤明の映画に「悪い奴ほどよく眠る」がありますが、現実には、悪い奴の方がよく眠れないというのが本当のところでしょう。もちろん善人だってよく眠れない時があります。このタイトルは明らかに受けを狙ったものです。まさにフィクションの世界です。小説や映画の世界は読者や観客を多く得るために、図式的なストーリーを作りたがります。勧善懲悪主義がその典型です。

さてここまで書いてきて私が言いたいのは、川柳的な穿ちの視点を持って句を詠みましょうということです。これは川柳を詠む場合の強力な武器になります。短歌・俳句にはこういう武器はないと言っていいでしょう。いや少しはあるかもしれませんが、件の句のような五七五のまるごとを小気味よい穿ちの作品にすることができるのは、川柳の世界には及ばないでしょう。

安っぽいテレビドラマばかりを観ていては、穿ちの川柳は詠めません。まず自分と対話して己の心の複雑さを認識し、さらに身の回りを観察して状況の客観性をニュートラルな立場で把握する。そこから心の中に自然と生まれたことを五七五に落とし込んでいく。それですべては完成です。他人の評価は二の次のことだと開き直ってみることも必要でしょう。

そこまでの境地に行くには時間がかかりますが、川柳を継続していけばいずれは辿り着くことだと思ってください。いや、辿り着けなければ半人前の川柳作家に終わってしまっていると覚悟しましょう。

テーマ「奇妙」

「奇妙」という課題が難しかったという意見がありました。課題を知らない人が、課題を詠み込んで句を作ることは、なかなか出来ません。難しい課題をネットや事典で慌てて勉強しても、すぐには自分の言葉としては使えません。「奇妙」についてはそんなことはなく、日常でもよく使われる形容表現の類いです。それでも句の着想が思い浮かばないのなら、言葉の想像力を駆使するために類語辞典を活用しましょう。持っていないのなら、すぐに本屋へ行きましょう。国語辞書と類語辞典は作句の必須アイテムです。

原句　**遺伝子の良いとこすべて姉のもの**　S.M.(女)

姉妹の微妙な関係が想像されますね。仲が良かったのはまだ小さな子供の頃の話。大きくなるにつれ自我が芽生え、コンプレックスが形成されていきます。コンプレックスのない兄弟姉妹なんて存在しないでしょう。原句の発想をそのまま大事に扱って、川柳的な表現を持ち込みましょう。

添削　**遺伝子の良いとこ姉がかっさらい**

原句　**無呼吸の復活奇妙声発す**　H.K.(女)

上五の「無呼吸」は睡眠時無呼吸症候群のことを指しているのでしょうか。「無呼吸」と縮めるには少し無理がありそうです。無呼吸症候群の特徴であるいびきを使った方がいいでしょう。大いびきをかいて寝ている人は熟睡していません。

参考　**大いびきどれほど夢を見てるやら**

原句
福袋長蛇の列で上気嫌
S.T.（男）

下五の「上気嫌」は「上機嫌」が正しい。辞書をひきましょう。寒い中、長蛇の列に並んで福袋を買い求める。わざわざ出掛け、我慢して立っていたから、福のたっぷり入った福袋を当てたことを素直に詠みましょう。

添削
福袋並んだ甲斐の福を当て

原句
買え！買え！と夢に急かされくじ当たる
I.E.（女）

宝くじは、欧米では「愚か者の税金」と冷ややかに言われています。パチンコや公営ギャンブルよりも当たる確率（買った人への還元率）が低い。つまり当たらない人で成り立っているのが宝くじです。そういう宝くじですから、当たった場面を想定して句を詠んでも実感が乏しいものになってしまいます。ここは素直に外れたことを詠みましょう。

参考
宝くじ神のお告げも当たらない

原句　本人も与かり知らぬ噂あり　O.A.（女）

下五の「噂あり」は文語調で締まりがありません。噂があるからどうなんだとツッコミを入れたくなります。本人も与かり知らぬ噂が、世間には山ほどあるのは作者も承知のことでしょう。そこからさらに進めていって、尾ひれがついて回っていくプロセスを謳い上げましょう。

参考　当人へ巡り巡って行く噂

原句　わだかまりたたんで胸にしまっとく　N.H.（女）

下五「しまっとく」が当たり前過ぎます。わだかまりを持て余した方がおもしろい展開になります。それを川柳的に表現しましょう。

添削　わだかまり胸にたたんで熱くする

原句 マジックの種ある知るもただ唖然 K.M.(男)

見つけ方はいいと思います。中七の「種ある知るも」に、七音に収めるための無理が生じています。どんなマジックでもすべてはトリックです。種のないマジックは存在しません。ただ絡繰りが分からないから科学では理解できない超常現象に見えるだけです。そこを踏まえましょう。

添削 マジックに種はあってもただ唖然

原句 年とりて母そっくりの顔になり T.E.(女)

上五の「年とりて」は文語体です。口語体なら「年とって」です。しかし、言い回しが直接的でつまらない。中七の「母そっくり」も同じく直接的です。これらはあえて表現として使わない。母を亡き母にすれば作者の年齢も想像されます。母そっくりは、作者ではなく少し擬人化した鏡に教えられたことにしましょう。

添削 亡き母の面影はっとする鏡

原句 電話口息子の声が違ってる　S.Y.（女）

下五の「違ってる」がストレートな表現です。少し騙されそうな危うさを込めたらどうですか。息子はまだ反抗期であり、振り込め詐欺のような頼み事などは素直に話さない、そういう想定でいきましょう。

添削 受話器から息子の声が素直過ぎ

何歳になってもこだわり続ける

昭和に活躍した川柳六大家の一人・前田雀郎の句に「磨く他ない一足の靴である」「一生を一間足りない家に住み」という人口に膾炙された句があります。どちらも私の好きな句です。

前者の句の光景は、サラリーマンだった私の父の昭和時代の姿が重なります。モノ余りの現代社会が登場する前、働く人の革靴は一足しかなかった。小学生の頃、父のその一足の靴を磨いた記憶があります。母も磨いていました。そんなことは、今はもうあり得ない話に近いでしょう。誰でも複数の革靴を持って、ＴＰＯに合わせ履き分けています。靴を自分で磨くどころか、汚れて古くなる前に飽きてしまえば簡単に処分される世の中です。

後者の句も古い時代のものです。かつて子供部屋は一人に一部屋宛てがわれることはなかった。一部屋をカーテンで仕切ったりして共同で使うことが当然だった。二段ベッドもよく使われた。今は部屋が余っている時代です。子供は学校を卒業したら家を出て戻ってきません。使われない部屋ができれば、そこは納戸や物置みたいな用途になります。言わば余生に一間多い住み方になるのでしょうか。そして親も亡くなれば空き家となり朽ちていきます。

時代の移ろいとは酷なことかもしれません。近い将来、人間よりＡＩやロボットが主役の時代が間違いなく到来します。自動車と言えば自動運転、スマホも過去の遺物となるかもしれません。

しかし、自分が生きてきた時代というものは、記憶の中で消えることなくずっと引き摺っていきます。その時代への思いもなくなることはありません。自分の思いを川柳に詠むこと、人の川柳を読んで味わうこと、これらは持続性・連続性へのこだわりなのかもしれません。何歳になってもこだわり続けること、これは過去ばかりを振り返ることではなく、未来へ思いを馳せてみることにもつながることだとふと気がつきます。

テーマ「食べる」

原句　**垣根越しおすそわけ品行き来する**　S.M.（女）

中七の「おすそ分け品」は「おすそ分け」だけでいいでしょう。無理に音数を合わせた感じがします。下五の「行き来する」がおもしろい。少し誇張されているかもしれませんが、川柳らしくなっています。おすそ分けにもっと焦点を当てて、さらに活動的な擬人化にすることができます。

添削　垣根越し行ったり来たりおすそ分け

原句　ストレスの病を食べて痛さ知る　S.M.（男）

感想に、去年の猛暑で緊急入院した体験が書かれていました。そのことを盛り込みましょう。原句は分かりづらく、教訓的な印象も受けます。上七になりますが…。

添削　入院騒ぎ猛暑を食べて耐えきれず

原句　食べて飲み歌い騒いだ旅の宿　S.T.（男）

課題「食べる」に対して、「飲み」「歌い」「騒いだ」と並べられると、「食べる」の意味合いが薄まってしまいます。ここは改めて課題に向き合うことにしましょう。感想にOB会の場面ということが書かれていましたので、それを盛り込みましょう。

添削
ＯＢ会箸も楽しい海の宿

原句
同じ星メタボで悩む飢餓に泣く　H.K.（女）

上五の「同じ星」が地球を指していることは理解できますが、少し言葉足らずになっています。「世界地図」に直して広がりを持たせましょう。さらに言うと、「飢餓に泣く」のは作者ですか、当人ですか。飢餓の当事者は「泣く」以上の極限状況にいると思いますが…。

添削
世界地図メタボの人も飢餓の児も

原句
チュニックを着れば無敵のバイキング　O.A.（女）

うまくまとまっています。中七の「無敵」という誇張もおもしろい。逆の発想にすればさらにおかしみが出ると思います。チュニックを着ても誤魔化されない食い気をしっかりキャッチするのも川柳です。

参考

チュニックに欲がはみ出たバイキング

原句

生唾を飲んで眺めるモンブラン

I.E.(女)

モンブランの美味しさが目に浮かぶようです。課題が「食べる」ですから、躊躇いながらも手を出しちゃいましょう。オノマトペを入れて少しひねってみますか。

参考

生唾をごくり手が出るモンブラン

原句

ダイエット我慢できないこの食い気

N.H.(女)

よくある情景ですね。下五の「この食い気」が直接的です。自虐的な言い回しにしましょう。メタボの体を持て余しながら、どこか憎めないところを漂わせますか。

添削

ダイエット我慢を知らぬこのメタボ

原句　ベジタリアンノンカロリーの晦日ソバ　S.A.（女）

ノンカロリーのお蕎麦というのはあるのでしょうか。低カロリーでは？ 上五の「ベジタリアン」、下五の「晦日」もあえて言うことはないでしょう。川柳として、ダイエットのためにお蕎麦を食べている場面をスマートに言い表しましょう。

添削　低カロリーお蕎麦でうまくダイエット

原句　ハンドルとパンを片手の朝寝坊　S.Y.（女）

警察の方から何か言われそうです。安全運転で行きましょう。少し角度を変えて詠んでみたらどうですか。慌てぶりのおかしさを強調すると、川柳らしい光景になります。

添削　パン咥え行ってきますと朝寝坊

原句
八十路来て食べるも飲むも半分に　K.M.（男）

ペーソスが漂っています。十七音の中を入れ換えるとさらに味わいが出る気がします。八十路になったから食欲が半分になったというより、食欲が半分になり改めて八十路に来たことを思い知る方がより深い味わいになります。

参考
食べるのも飲むも半分嗚呼八十路

原句
胃袋が働きバチのようになり　T.E.（女）

感想に、バイキングのことを詠んだと書かれていましたので、それをきちんと入れ込みましょう。中七下五の「働きバチのように」という直喩も斬新ですが、焦点がぼやけるようなので、擬人化して直してみました。

添削
バイキング働き詰めになる胃腸

川柳の上達に向けて

言葉に対して鈍感にならないために

川柳を詠む上で、いろいろな技法があります。比喩や擬人法をはじめとして、倒置法、対句、誇張表現、名詞止めなどのほか、さらに言えば虚構を少し混ぜることも技法の一つでしょうか。そういったことのほかに、そもそも言葉とどう向き合うか、言葉というツールをどう取り扱うか、これも大切なテーマになります。

世の中は、目から耳から、さらに点字なら指先からも言葉とその言葉を編んで生まれる表現に満ちています。日本語でも外国語でも、言語表現の存在しない世界は考えられません。それはもちろんコミュニケーションの手段として必要不可欠なものですが、言葉で自分の思いを表現すること自体に欲求を持つ者にとっても、空気のような当たり前の存在になっています。そしておいしい空気を吸おう、いい呼吸をしようとするのと同じく、自分の気に入った、自分が満足する言葉を探して表現を作り上げようとしたくなります。

新聞広告やテレビ・ラジオのコマーシャルで、うまいこと言うなあ、と感心したりすることはありませんか。もちろん、小説や詩歌を読んでその中のフレーズに感動することもあるのは当然ですが、案外身近なところに、自分を惹きつける言葉は浮遊しているものなのです。

川柳六大家の一人岸本水府(一八九二〜一九六五)は、コピーライターの職業を持っており、今の江崎グリコやサントリーなどの広告を担当していました。コピーライターと川柳作家は重なる資質を持っている典型的な例でしょうか。

情報化社会、ネット社会と言われて久しいですが、言葉に溢れている世の中であることは間違いありません。言葉と表現の海でうまく立ち回らないと足元を掬われかねません。

しかし、そういう厄介な面があるにせよ、他方で句を詠む場合の材料に事欠かない時代とも言える訳です。常に心の中にアンテナを立て、インターネットや新聞・テレビのみならず、街の看板や垂れ幕・掲示物などで上手い言い回しに遭遇したら、素直に感心する態度を保ち続けることも大切です。

モノに溢れている社会において賢明な消費者として生き抜くことと同じように、情報化社会の言葉の海で溺れないようにしないといけないのも当然のことです。そして、そういう世の中だからこそ言葉にいつも細かな注意を向けている。そういう言語表現へのスタンスを維持することは、川柳と長く付き合う上で必ず有利に働きます。

言葉に対して鈍感になることが一番いけない。嬉しい時でも悲しい時でも、怒った時でも楽しかった時でも、それはどう表現したらいいのだろうと考える癖を持つことが望ましい。そして表現したものは、人に伝える前にまず自分で納得することが大事です。

物事が存在すること、人間が生きていくことには、それと合わせて必ず言葉がつきまとっている。繰り返しになりますが、言葉のない世界は存在しないことを改めて認識しましょう。一日二四時間、一年三六五日、いい川柳を詠むために言葉へのアンテナをいつも必ず立てておいてください。

テーマ「肉」

原句 **ハンバーグ褒められてまたハンバーグ** S.M.(女)

十七音の中で同じ言葉を二度三度使う表現方法は、確かにリフレインとしての強調効果が出ます。しかし、十七音のうち十音をそれに使ってしまうと、残りは七音だけしかありません。そこは要注意です。作る立場から食べる立場へ方向転換し、中七にもっとおかしみを込めて少し直してみました。

参考 **ハンバーグ褒めればまたもハンバーグ**

原句 **流行風邪ひいて筋肉ガタと落ち** H.K.（女）

中七の「ひいて」の「て」は理屈っぽいですね。「てにをは」のうち「て」はなるべく使わない。そもそも「ひいて」は不要でしょう。これを省いて上五の「流行風邪」を下五に持ってきて名詞止めにすると句が締まります。

添削 **筋肉がガクンと落ちた流行風邪**

原句 **肉体美自慢していた青春期** S.T.（男）

青春と肉体美の取り合わせはいいと思います。若さとは肉体的なもの、とも言えますからね。その健康的な面を素直に詠み込んだらどうでしょう。

添削 **青春がはち切れていた肉体美**

原句

体力の顕者必ず肉が好き

I.E.（女）

中七の「顕者」は難しい言葉です。大きな辞書にしか載っていません。これは避けましょう。肉を食べれば体力がつくという効用を説いているのが句意だと思いますが、何か（誰か）を一つ入れ込んで教訓めいた臭いを消し去りましょう。

添削

肉料理育ちざかりの食べっぷり

原句

誕生日財布ゆるめてシャブシャブね

N.H.（女）

下五の「シャブシャブ」は平仮名表記が一般的でしょう。課題の「肉」に対して、誕生日や財布を持ち出してきたのはおもしろい発想だと思います。名詞止めで決めてみますか。

添削

しゃぶしゃぶへ財布がゆるむ誕生日

原句 牛しゃぶを食べてじいちゃんピンコロリ S.A.（女）

中七の「じいちゃん」が他人事めいたものになっていてリアリティーに欠けています。もっと自分に引き寄せて、自分のこととして詠んでみましょう。そうすることによってその素直さが読者を惹きつけるのです。自分を曝け出すことに躊躇いがあっては、己が満足する佳句はなかなか詠めません。

添削 願わくば牛しゃぶ食べてピンコロリ

原句 歳なのかステーキよりも魚が好き K.M.（男）

上五「歳なのか」がいきなり結論を持ち出していることになっていて、その後に続く展開に広がりが出てきていません。もし上五に結論めいたものを持って来るなら、中七下五にはとんでもない発想を持ち込まないとおもしろみが出ません。老境の正直な気持ちを吐露したような句にすると余情も出るでしょう。

添削　ステーキより魚素直に老いていく

原句　肉筆のひとこと嬉し年賀状　O.A.（女）

十七音の中に、情景と素直な気持ちが収まっています。ただし、中七の「嬉し」がストレートかなという印象があります。句またがりになりますが、直してみました。中七の「ひとこと」と「温かい」の間に切れが出来て、原句より少し奥行きが生まれたと思いませんか。

参考　肉筆のひとこと温かい賀状

原句　カツサンド合格祈願詰まってる　T.E.（女）

「受験に勝つ」という験担ぎのカツサンドを食べさせる家族の情愛が想像されます。合格祈願は、受験生当人ももちろんしますが、周囲の家族も当人を応援することしかできないもどかしさからそういうことをしたがりますね。験担ぎという行動も、気休めや慰み程度にしかならないものですが、親心から居ても立っても居られない心境でそういう行動に出てしまう訳です。日々頑張っている当人は、そこらあたり冷ややかに見ているのではないでしょうか。

参考 **合格を願う手作りカッサンド**

原句 **バイキングついつい肉に箸が向く** N.H.（女）

肉ばかりに箸が行ってしまう卑しさは、食欲に直結している訳ですから誰にでも共通することでしょうか。非難することはできないでしょう。いい着想です。自分の意思に反して箸が動いてしまうようなことを詠み込むと、さらにおもしろくなるかもしれません。

参考 **肉ばかりへ箸が向きますバイキング**

固定観念をあえて打ち破る

＊本を読む／パンを食べる
＊稲が育つ／夏が終わる
＊バラが綺麗／太陽が眩しい
＊心は見えない／瞳は黒い

適当に思いついた短いフレーズを見繕って例示しましたが、どれにも共通して言えることは、当たり前のことを述べただけで、それ以上でもそれ以下でもないということです。それぞれのフレーズの述語部分を入れ換えたらどうなりますか。

＊本を食べる／パンを読む
＊稲が終わる／夏が育つ
＊バラが眩しい／太陽が綺麗
＊心は黒い／瞳は見えない

今度は一気に変な表現になってしまいました。一つひとつがおかしい、不自然。そう感じてしまうのももっともなことです。が、何度も何度も読み返してみると少しは味わいが出てきませんか。

「本を食べる」、昔の受験生は赤尾の豆単で英単語を暗記すると、憶え終わったページを毟り取って食べていた。そんな話を聞いたことがあります。また、とても感動した本を読んだ後、その本を食べたような気になることはあながち変なことではないでしょう。

「パンを読む」、例えば一枚の食パンとにらめっこしてください。あの形状と色、柔らかな断面などを眺めていると、何かが読めてきませんか。パンを読むことが出来たら、その後に食べる味もさぞや変わってくることでしょう。手作りパンを大好きな人からもらったら、そんな仕草をしてもおかしくないでしょう。

詩的な表現、詩情とはこういう言葉の組み合わせの中から生まれ、読み手が心でそれを引き出すものなのです。私がよく言う「ひねり」もこれと同じものです。当たり前のことを当たり前のままに表現してもおもしろい訳がない。ならば、当たり前のことを当たり前でなくしてしまう。当たり前でない言い回しに変えるのです。

理屈や論理という線路からあえて脱線する。固定観念が打破され、信じていた価値観がひっくり返り、いつの間にか自分の殻を破って、新しい視界が見えていることに気がつく。そうすると思わぬものを拾い上げたり、予期せぬことに遭遇したりするものです。

そこでスパークしたものから創造性が生まれます。何か句を詠もうと、いろいろ考えてもがいている自分一人の時間の中で、ちょっとしたスリルと快感が得られます。これが作句の醍醐味です。今回の課題にも、こういったことが読み取れる作品がいくつか見受けられました。講師として嬉しい収穫でもあります。

テーマ「群れる」

原句　誘蛾灯群れ飛ぶ虫の夏の宴　H.K.（女）

誘蛾灯に集まった虫たちは殺されてしまう訳ですから、下五の「夏の宴」で終わってしまうのはしっくりしない、尻切れトンボの印象になっています。誘蛾灯のその灯りには、人間には厄介な生き物とは言え、生命のある虫という存在を殺して消してしまうという残酷な一面があるのです。そこに着目すれば、群れ飛ぶ虫が擬人化されていき、ペーソスも生まれてくるのではないですか。

参考

虫たちの夢呆気なく誘蛾灯

原句

ラッシュアワー今日一日を溺れまい

S.M.(女)

これは花丸の合格点です。下五の「溺れまい」の措辞が最高にいい。都会の満員電車は、家畜を運ぶ貨車より酷くサラリーマンをぎゅうぎゅう詰めにして載せ、毎日同じ線路を走っている。車内の我慢だけでなく、プラットホームや自動改札では慌しく動き回らなくてはいけない。そうしないと滞って周りに迷惑をかけてしまう。今日一日を、それもまだ出勤途上の朝なのですから、人混み程度のことで溺れてはいけないのです。何度も繰り返して読んでみると、サラリーマンの悲哀も充分伝わってきます。

参考

ラッシュアワーフレッシュマンが溺れてる

原句　**無い隙間植木に群れる愛情け**　S.M.（男）

上五の表現がぎこちない。下五の「愛情け」もいただけない言い回しです。十七音にするために無理した表現になっています。

添削　**愛情の肥やしに実るプランター**

原句　**半値以下大盛況に悲鳴上げ**　S.T.（男）

「半値」「大盛況」「悲鳴」と、くっついた言葉が続いています。一つは減らしましょう。代わりに何かを持って来る。レジを持って来て擬人化したら少しおもしろくなるでしょうか。

添削　**タイムセールレジが悲鳴を上げている**

原句　**若者の憧れ抱く都東京**　I.E.（女）

下五の「都東京」は何と読んだらいいのか、疑問の出る表記です。少子高齢化、人口減少の日本、されど東京への一極集中は続いている。このままでいい訳がないと開き直ったらどうですか。過疎化する地方の良さもそこから生まれてくる気がします。

参考　東京のどこがいいのか若者よ

原句　夕暮れの空高く飛ぶ鳥の群れ　N.H.（女）

それなりにまとまった句になっていますが、何かもの足りない。何かを付け加えるか、表現にひねりを入れてみるか。今回はひねった表現にしてみました。鳥も具体的な種類を入れた方がいいでしょう。

添削　夕空がかくも絵になる雁の群れ

原句　夕森にカラスの宿か黒い群れ　K.M.（男）

上五の「夕森」という言葉は、ネットで検索しても出てきませんでした。「夕の森」とすれば、しっくりします。黒い群れを実際に眺めているのではなく、カラスたちは夕の森に帰って既に眠りについていると詠んだ方が、風情のある句になるのではないですか。

添削
カラスたち何を夢見る夕の森

原句
エアロビクス手脚伸び伸び齢忘れ
S.A.（女）

中七の「手脚」は「手足」の方がいいでしょう。下五の「齢」も「よわい」とは読みますが、厳密には「とし」と読みません。「歳」を使いましょう。

添削
エアロビに歳を忘れた顔ばかり

原句
カラス達道を塞いだゴミ袋
S.K.（女）

下五の「ゴミ袋」はしっくりしません。課題の「群れる」から遠ざかるような使い方です。

「ゴミ漁り」にすれば、句の中で群れたカラスがきちんと浮かび上がってきます。ちょっとした推敲で課題へ一気に近づくものです。

添削 往来を塞ぐカラスのゴミ漁り

原句 店長へ今日も来ましたシニアギャル T.E.（女）

「シニアギャル」は作者の造語ですか。シニアとギャルの語義が矛盾していますが、そんな屁理屈などどこの斬新な言葉にノックアウトされてしまいそうです。とにかくうまい言い回しです。脱帽してしまいます。シニアギャルのはち切れそうな若さが目に浮かびます。

参考 シャンデリアよりも眩しいシニアギャル

自動詞と他動詞どちらを選ぶ？

今回は文法的なお話しをします。テーマは動詞です。終止形がウ段で終わる動詞には大きく分けて自動詞と他動詞があります。この二つについて、国文法的な定義を解説すると難しくなりますので、厳密性に欠けますが、とりあえず分かりやすくするために我流の噛み砕いた説明をいたします。

自動詞とはある状態・状況、さらにそれらの変化・推移を表す動詞、他動詞とはある動作・行為を表す動詞を指します。雑駁な説明なので具体例を示しましょう。

消える／消す　変わる／変える　伸びる／伸ばす
固まる／固める　流れる／流す　曲がる／曲げる
助かる／助ける　割れる／割る　進む／進める

前者が自動詞、後者が他動詞です。大体分かってきたでしょうか。「何々が○○になる」というふうに「主語＋が」が上につくのが自動詞、「何々を○○する」というふうに「対象（目的語）＋を」が上につくのが他動詞と憶えるのも便宜的にはいいかもしれません。「火が消える／火を消す」「壁紙が変わる／壁紙を変える」「背が伸びる／背を伸ばす」など、もっと例示を続けていけば、さらに理解しやすくなるでしょうか。中学生の頃、国語や英語の授業で習ったことが次第に思い出されてくるかもしれません。

五七五の十七音の中には、名詞や形容詞（終止形の語尾が「い」で終わるもの）を入れ込むのはもちろんのこと、動詞もいろいろな活用形を使って頻繁に取り入れます。その際に、この動詞は自動詞なのか他動詞なのか自分で識別する習慣をつけると、川柳の上達に必ずつながります。そして、うまく使い分けると、奥行きと広がりが出てくる句が詠めるようになります。

そんなことは嘘でしょう、と疑っている方がいるかもしれませんので、拙作を俎上に載せて詳らかにしていきます。

背中から表情が出るピアニスト
背中から表情を出すピアニスト

前者が自動詞、後者が他動詞ですが、句の味わい方に微妙な違いが出ているでしょう。どちらかというと、後者の方が強くて断定的な表現になっています。ピアニストが意図的に背中から表情を出しているような印象を持たせます。前者にはそこまでのアクセントはなさそうです。

句としてどちらがいいか。実際に背中でわざと表情を出すピアニストはいません。ですから後者は無理に誇張された嫌いがあると言えます。ピアノコンサート会場で曲を聴きながら、ふと感じたりするのは前者ではないでしょうか。圧倒されそうな臨場感を思えば、後者の表現にしたくもなりますが、詠み手の素直な感じ方を重視すれば前者の方が自然な措辞でしょう。

言い合って事実が決まる裁判所
言い合って事実を決める裁判所

これも同じような例ですが、やはり後者の方が少し表現のきついものになっています。裁判所への皮肉や揶揄を込めるなら、軽い表現の前者の方がかえって効果的なような気がします。

さて、動詞の中の二つの区分について書いてきましたが、何か気がついたことがありますか。あなたは自動詞と他動詞のどちらを多く使いたがりますか。

句を詠むうえで、初心者は五七五の中に自分の思ったこと、感じたものをなるべくそのまま正確にかつ強く収めようとするので、どうしても他動詞を使いたがります。しかし何度も推敲する過程で、詠み込もうとする自分の思いを改めて客観的に眺める余裕が出てきます。そうすると自動詞の出番です。自分の思いをしっかり句へ収めようとすることから、自分の思いが素直に句へ収まるよう転換を図ってみる。まさに「…を収める」から「…が収まる」への動詞的な方向転換です。

初心者がやってしまう典型的な悪い例は、十七音に他動詞を複数入れてしまうやり方です。どちらか一つを自動詞に変えてみたら、がらりと句の景色が変わります。今後、そういった事例の作品が提出されたら、随時俎上に載せて添削し、句の風景の変化を丁寧に説明していきます。

テーマ「指」

原句 高額の値札は○を指で読み　S.M.（女）

なかなかおもしろい見つけ方だと思います。○の数の多さにびっくりする様がすんなり想像されます。さらに一歩踏み込んで、指を擬人化するとこうなります。

参考
高額の値札は指が○を読み

原句
若作り手指は年令隠せない　H.K.（女）

添削
指先に歳は隠せぬ若づくり

「年令」の正式な表記は「年齢」です。「若作り」を下五に持ってくると句が締まってきます。

原句
指しゃぶり夢を見て居るやんちゃな子　S.T.（男）

敢えてやんちゃな子と言わなくてもいいのではないでしょうか。

添削
指しゃぶりどんな夢見る児の寝顔

原句
指先を器用に踊らすししゅう糸 N.H.（女）

ししゅう糸が指先を踊らせるという発想はおもしろい。光景が目に浮かぶようです。しかし中八を直しましょう。併せて他動詞（踊らす）を自動詞（踊る）に変えます。

添削
指先が器用に踊るししゅう糸

原句
指示待ちのドアの向こうに部下の耳 S.K.（女）

これは情景が思い浮かぶおもしろさがあります。あえてドアとか部下とか言わなくてもいいのではないかと思います。

添削
指示待ちの耳が控える会議室

原句
シャリリシャリリ一粒づつの種を蒔く Y.K.（女）

「一粒づつ」のかな表記は「一粒ずつ」が正しい。「づつ」は旧かなづかいです。上五のシャリリシャリリは作者独自の擬態語なので、これは何とか残しておきたい。

添削 一粒をシャリリシャリリと蒔く畑

原句 山錦指折り数え一句湧く K.M.（男）

普段俳句などひねったことはないが、紅葉のあまりの美しさにそれを詠んでみようかという場面にしたら、川柳的な世界になるでしょう。

添削 さて一句ひねってみるか紅葉狩り

原句 後ろ指さされぬ様に半歩引き S.A.（女）

他人の干渉する余地を与えないように歩いて来ましたとの感想ですが、現在の自分の生き方に置き換えた方が力強くなると思います。

添削　半歩引きさされたくない後ろ指

原句　指揮棒に心高まる歌仲間　I.K.（女）

コーラスの練習風景か本番か、その場面を課題に合わせて上手く詠んだと思います。「心高まる」は、もっとひねった言葉づかい、もっと誇張した言い回しでもいいかと思います。

参考　指揮棒が声も心も踊らせる

原句　懐かしむ大きな母のにぎりめし　T.E.（女）

上五の「懐かしむ」がいきなり硬いですね。上五と下五を入れ替えてこれを解消しましょう。

添削　にぎりめし母の節くれ懐かしい

下五の動詞の止め方 ―主観句と客観句―

皆さんは江戸の古川柳をいくつもご存じだと思います。その特徴の一つに下五が動詞の連用形で終わっているものが数多くあるということが挙げられます。いくつか例示します（分かりやすくするために一部表記を現代的なものに変えています）。

米つきに所を聞けば汗をふき
五右衛門は生煮えのとき一首詠み
ところてんつきのめされて畏まり

いずれの句も下五の措辞は連用形で止まっていますが、終止形に直してみると、一句目は「(汗を) ふく」になり、二句目は「(一首) 詠む」、三句目は「畏まる」となります。

さて、当時の作者は何故終止形にせずわざわざ連用形にしたのでしょうか。古川柳の始まりは前句付に始まります。「盗人をとらえてみれば我が子なり」という有名なものがありますが、この句の前句は「きりたくもあり切りたくもなし」という七七のフレーズです。つまり今でいう題詠であった訳ですね。題詠は客観的な写生句が基本になっています。

これに対して、自己の体験や感情に基づく主観句は雑詠になりますが、自分の心情を吐露するということを考えれば、どういう思いを詠み込むにせよ、言い切った表現（終止形）にした方が読み手に対して素直に心が伝わります。それは、連用形で止めることは何処か他人事のように聞こえてしまうからです。拙句を例にして説明しましょう。

言い勝った夜の長さを持て余す
芒の穂考えながら老いていく

一句目について、その下五を「持て余し」と連用形にするとどこか他人めいた情景になってしまい、情感を軽いものにしてしまいます。持て余したのはあくまで作者自身だからです。二句目についても、芒の穂という対象物が上五に出てきてこれが主題のように解釈されそうですが、中七下五と読み進めていくうちに作者の気持ちを投影して詠んだものだと分かり、そこから句が味わえてきます。つまりこれも芒の穂は作者自身のことなのです。

現代川柳は、戦後主観句が主流になりました。言い換えると、戦前は連用形で止めた客観句がほとんどだったということになります。

句会や大会では、題詠を中心に運営されているのがほとんどですが、それは、主観句より客観句の方が分かりやすい、選をしやすいという面があるからです。客観性を重視してなるべく公平性を担保したいからとも言えるでしょう。

しかし、主観より客観をとったことから、作品の嘘くささ、入選狙いのための「なりすまし」(例えば、男なのに女の心情を詠む)、当て込み(選者の選の傾向を踏まえてそれに合わせるようにして詠む)などの弊害が出てきます。

だからといって雑詠を主体にした句会・大会にすると、作者の主観が中心となって、選における良し悪しの判断が難しくなり、選者の主観(悪く言えば好み)で作品の主観を選り分けるというような、曖昧であまり公平的ではない事態を招くこととなります。

主観句も客観句もそれぞれ一長一短があり悩ましいところです。現代川柳は少なくともそういう宿命的なものを抱えているのだ、ということだけは作句する上で認識しておきましょう。

テーマ「静か」

原句 父母の静かな背中世を渡り　S.M.(男)

この場合は、父と母のいずれかを選択しましょう。背中と言えば父親の背中になりますか。

添削　父親の背中静かにものを言う

原句　エアコンに読書の時を終戦日　S.M.（女）

エアコンが稼働する涼し気な部屋で読書することと終戦の日の組み合わせが少し弱いような気がします。読書のことは外して、エアコンと終戦記念日との関係に焦点を当てながら課題の「静か」を詠んだらどうでしょうか。

参考　エアコンも妙に静かな終戦日

原句　二人いて何も語らぬ夏の午後　H.K.（女）

会話もしたくないくらいの暑さに辟易している様を詠み込まないと、原句は理解しにくいところがあります。上五の「二人いて」も夫婦か親子か兄弟姉妹か、その中のいずれかに絞り込みましょう。

参考　猛暑日は何も語らず老夫婦

原句　静けさに蝶々が二匹舞い踊る　S.T.（男）

「静か」から蝶々を連想したことは大変すばらしい。蝶々ほど静かに舞う昆虫はいないでしょう。感想では早朝の光景であることが記されていましたが、あえて真昼に変えてみました。フィクションになりますが、ドラマ性を予感させるでしょう。

添削　静寂の中を蝶々が舞う真昼

原句　闇の中生命維持の光る青　O.A.（女）

感想に、現在入院中なので、そんな非日常的な空間の中では共感を得られる句は詠みにくい、というようなことが書かれていました。それはその通りなのですが、ここは入院していることに対して一度開き直って詠んだ方がいいような気がします。原句は、闇の中から浮かび出る光る青を浮き彫りにしていますが、明と暗の対比から更に一歩踏み出したものを考えましょう。そこに川柳が生まれてくる訳です。

添削　闇の中生命維持という望み

原句　落選が分かり事務所は人気ない　I.E.（女）

句の情景はよく分かりますが、表現にひねりがありません。下五にある「人気ない」がどのように人気がないのか、川柳的に考えましょう。慌しく動いていた事務所は、落選と知ってどのように変わっていったのか。とりあえず事務所を擬人化してみました。

添削　落選と知った事務所の息深く

原句　甲子園夏を沸かせて夏終わる　B.H.（女）

これは百点満点の特選句にしたい。同じ言葉の繰り返し表現（二回出てくる「夏」）と他動詞・自動詞の使い分け（他動詞「沸かせる」と自動詞「終わる」）が見事になされているからです。こういう作品に出合うと講師冥利に尽きますね。

原句　**連峰の青に心音吸い込まれ**　B.H.（女）

これもなかなかうまい句です。連峰の青と吸い込まれる心音の対比、大きさが全く違うものを並べる措辞には感服いたします。少しだけ直させてください。七五五になりますが、中七に間を入れました。原句にある「てにをは」の「に」を省いただけで、散文的な流れに韻文としてのメリハリが出てきます。

参考　**連峰の青心音が吸い込まれ**

原句　**風鈴が遠くの雷雨知らせてる**　N.H.（女）

課題が「静か」なので、それを踏まえた場面を設定しようとすると、中七から下五の「雷雨知らせてる」は課題に沿わないですね。これから来るであろう雷鳴と雷雨を予期させては気持ちもそわそわします。逆の発想にしましょう。

添削　風鈴が響き遠雷消えていく

原句　扇風機廻る学び舎子ら笑顔　S.A.（女）

これは情景がよく分かる読み方ですが、課題の「静か」に合わせると下五の「子ら笑顔」は静かに感じられません。扇風機が廻る教室の中、暑さにめげず黒板と向き合って勉強している子らの視線にズームインしたら、静けさが浮かび上がるでしょうか。

添削　扇風機廻る学び舎子の視線

原句　帰省した孫賑わいも持ち帰る　T.E.（女）

上五の「帰省した」は不要でしょう。盆や正月などの帰省に限定しない方がよい。外孫が祖父母の家に来るだけで賑やかになり、帰れば元の静かな家に戻る訳ですから。

添削　賑やかさ一変させて孫帰る

原句　盂蘭盆会坊さんお経皆正座　K.M.（男）

お経は大体坊さんが唱えるものですから、中七の「坊さん」は省きましょう。お経だけが響いているということは、裏を返せばみんな静かに聴いている場面になります。そこを素直に詠み上げたらいいでしょう。

添削　盂蘭盆会お経響いて皆正座

原句　わんぱくの寝顔にホッと遠花火　S.Y.（女）

中七の「ホッと」は直接的な表現になります。課題「静か」にもっと合わせてみました。寝顔と遠花火の対比から静けさが醸し出されませんか。

添削　わんぱくの寝顔の向こう遠花火

主観と客観というある意味で難しい用語を使いましたが、これはそもそも西洋思想における二項対立の考え方から来ています。西洋哲学では、主観と客観は常に向き合って対立もので、前者は人間、後者は自然に置き換えられることもあります。そして人間が自然を理解し征服しようとして科学という概念が生まれました。

東洋思想では、主観と客観にそもそも対立するという発想がありません。神や仏の前では、主観も客観も同列であると考えるのです。これを川柳的に考えてみると、主観句と言っても客観性が内包されている、客観句と言っても主観性が潜在していると言えます。ですから主観句、客観句の明白な線引きは案外難しく相対的なものとなります。

指導者の数だけ添削例がある

二〇一九年七月五日の読売新聞一面コラム「編集手帳」に江戸中期の俳人、加賀千代女の有名な句「朝顔につるべ取られてもらひ水」のことが書かれていました。千代女はこの句を三〇代半ばに「朝顔やつるべ取られてもらひ水」と、詠み直したそうです。切れ字の「や」を入れることで「不意に出会った朝顔の美しさへの感動を伝えたかった…」と筆者は書いています。

二つの違いについて考察すると、切れ字のある方がより俳句的な味わいが増していることが分かります。しかし、例えばいきなり後者の句を提示されると、「朝顔」と「もらひ水」の因果関係が薄められ、少し分かりづらく感じてしまいます。前者を踏まえての後者の作品なのだとも思えてきます。

さて自分で行う推敲と違って、句の添削は感想や原句をもとにする訳ですから、原句を知らずにいきなり添削された句を出されて読む場合は理解しづらい、味わいにくいものになることもあります。これが私には後出しジャンケンに似ているように思えてくるのです。

添削された当事者は、添削の説明を受けてなるほどと納得するかもしれませんが、添削の経緯を全く知らずに添削句だけを提示されてそれと向き合わされた場合は、句にあまり興趣が感じられないようなことが起きてしまうのです。私自身はなるべくそうならないように努力して添削しているつもりなのですが、なかなか難しいもので振り返ってみると、原句や感想抜きでは添削句そのものをうまく味わえないような失敗した添削例がいくつもあっただろうと、今更ながら忸怩たる思いを持っています。

さて、句の添削とは、結果的には添削する指導者の主観（考え方）の押し付けになってしまう側面があることは否めません。そういう意味では指導者の数だけ添削例はあるとも言えます。私が添削しているものは、講師が替われば別の添削内容になることでしょう。客観的に正しい添削というものは存在しない、強いて言えば最大公約数的なものが正解になるのだろうという、相対的な妥協点に行きつくしかないとも言えます。

添削は添削する者と添削される側との信頼関係によって成り立っています。これが崩れてしまうと、優位な立場にある指導者は赤子の手を捻るように、いとも簡単にそして安易に句を直してしまうことだって可能です。気分次第で弄くるだけ弄ってしまう恐れも出てきます。作品に対しては常に好意的な態度で温かく接することが大切になります。

添削指導の場合は、原句を直して川柳として完成された句にするという事前の了解が前提にあります。既に活字となって出来上がっている作品はこの前提がありませんので、勝手に添削することはルール違反、アンフェアな行為になることとなります。
以上、長々と書いてきたのはすべて自戒を込めて言いたかったことです。

テーマ「頼もしい」

原句
何よりも頼り銀行預金高
H.K.（女）

「何よりも頼り」の言い回しは言い古されたものです。「銀行預金高」の「銀行」は要りません。感想にある老後の不安をズバリ盛り込みましょう。通帳を穴が空くほど眺めて出てくる己の老後を詠み込むのです。

添削
しっかりと老いを見守る預金高

原句
帰る子のいる幸せに老い一人
S.M.（女）

幸せに対する踏み込み方が足りない句です。帰省するだけで有難いと感じる親の気持ちは分かりますが、句として仕上げるためには、少し味つけしましょう。もっと読み手を意識しないと頼もしさが出てきません。

添削　帰省する度に優しくなる息子

原句　幼子のはじける姿ママの顔　S.M.（男）

はじける幼子とママの顔のどちらが頼もしいのでしょうか。かなり曖昧ですね。幼子とママのどちらを取るか。読み終えてママの頼もしさを感じる情景を作りましょうか。

参考　はしゃぐ児を見守るママは太陽だ

原句　手八丁口八丁の先達者　I.E.（女）

「先達者」が何を指しているのか、ぼやけています。「手八丁口八丁」の言葉から連想する職業を具体的に探しましょう。東京のアメ横とか地方の朝市の賑わいはどうでしょうか。句と

してのひねりがまだ足りませんが…、

参考　手八丁口八丁の叩き売り

原句　母に妻嫁も熟して大女優　S.K.（女）

母・妻・嫁の三つは少し盛り込み過ぎではないでしょうか。実際はそうだとしても、作句の上では少し整理しないと、読み手の納得と感動は得られません。どれかは省く。残ったものに対して頼もしさを詠み込む。

参考　横顔は母親らしい大女優

原句　風邪予防約束守る三歳児　S.T.（男）

風邪予防にはいろいろあります。具体的に何かを持ってきましょう。「三歳児」と決めつけるのは、これとは反対にきっちりし過ぎている感じがします。

参考 幼子のうがい手洗い頼もしい

原句 チビ守るガキ大将の優しい目 Y.K.（女）

チビとガキ大将のいずれかは省略できます。この場合はガキ大将に焦点を当てましょう。ガキ大将の優しさを垣間見た嬉しさが頼もしさに通じるように句を仕立て上げていく。なかなか難しいことかもしれませんが…。

添削 円らな目ガキ大将もお兄ちゃん

原句 介護士の笑顔リハビリ活気づく N.H.（女）

介護士かリハビリの療法士か、どちらか一つに絞りましょう。入院中または退院後のリハビリの場面にしてみますか。リハビリを通じてみるみる良くなっていく手応えというのは、当人だけが知る嬉しさでもあり、それをしてもらった療法士の方には有り難い気持ちで一杯だと思います。そこから素直に頼もしさが湧いてくる。

添削 人生を若返らせた療法士

原句 小中生伝統衣裳良く似合い K.M.（男）

感想を読むと、大人に混じり太鼓を叩いている子供の姿のことが書かれていましたが、伝統衣裳よりこちらの方を題材にしましょう。その方が頼もしさのリアリティーがぐっと増します。

参考 祭り笛小中生が村を背負い

原句 アンカーの一位を狙う眼が光る T.E.（女）

リレー競走などの花形はやはりアンカーでしょう。そうすると、それだけでもう充分なのです。「一位を狙う」などという言い回しは言わずもがなのことになります。

添削　アンカーの背へ釘付けになる視線

原句　還暦を越えて気づいた頼もしさ　S.Y.（女）

還暦を越えたのが誰なのか、句からは全く読めません。従って下五の「頼もしさ」も理解不可能となります。還暦を越えた父の背中を子供たちが眺めて感じた頼もしさ、そんな設定にでもしましょうか。そうでもしない限り、頼もしさのインパクトは出てきません。

参考　還暦の眉いつまでも父は父

原句　母教えきちんと守りお留守番　I.K.（女）

上五の「母教え」は言葉足らずです。上六になりますが「母の教え」にしないといけません。しかし、そのように直して読み返してみると、当たり前のことを詠んだ平板な句になってしまいます。味わいがありません。留守番は教えを守るのが当たり前です。守らなかったら、何かが起きてしまいます。子供の成長を見るような句に変えましょう。

参考　大人へと一歩近づくお留守番

全般的に言えることとは、課題をヒントに自分の思いを五七五の中に詠み込む際、それを読み手に分かってもらおうと、言葉を詰め込み過ぎる傾向が見られることです。少し開き直りましょう。完全に分かってもらえなくても、自分は五七五の器に自分の思いを吐いてすっきりした、その満足感で充分なのだ。そういう作句態度も必要です。

川柳における造語

造語とは、新しく語をつくること、新しい意味の言葉をつくることとです。当たり前のことですが、造語されたものは国語辞書にはすぐに載りません。世の中に広まって初めて言葉（単語）としての市民権を得る訳です。

毎年発表されている「ユーキャン新語・流行語大賞」になった言葉もその年に話題になり、さらにその後もしっかり社会に定着しなければ辞書には掲載されません。載る確率はかなり低いと言えます。

最近しきりに耳にする「ほぼほぼ」（例：ほぼほぼ同じ）は、既にネット上の国語辞書にも載るくらい定着していますが、自然発生的に広まったにせよ、誰かが最初に使い出した造語になります。

さて、川柳にも造語があります。時実新子の句に「愛咬やはるかはるかにさくら散る」というのがあります。上五にある「愛咬」はかなりエロチックな表現ですが、辞書にはない新子の造語です。「愛」と「咬」をつなげただけのこの言葉の意味合いは、句の流れの中ですんなり理解できるでしょう。奥深く情感のある言葉です。辞書に載っていないから意味不明と片付けてしまうのは野暮というものです。

よく句の中で「飛行雲」や「満員車」という言葉を詠み込んで使う方がいますが、これは辞書には載っていません。正式には「飛行機雲」、「満員電車」が正しい。どうしてこのような縮めた言葉が使われるのかと言いますと、上五または下五にこれらを落とし込む場合に、字余りを避けるため言葉の音を削ろうとするからです。この二つは川柳人が拵えた造語、川柳の世界だけで理解される言葉です。川柳から一歩出ると通用しません。業界用語的な側面があります。

五七五の定型を守ることは大切ですが、そのために造語することは好ましくありません。何度も推敲して句を作り上げるためには、五音や七音に収めるための安直な言葉づかいを拵えることは避けましょう。

造語の話から少しずれますが、今から二〇年以上前に「風の私語」「父の貨車」「試歩の杖」という措辞が川柳でかなり流行りました。皆さんに理解していただくために、とりあえず即興でこれを入れ込んだ句を詠んでみます。

寂しさを見抜かれました風の私語
戦後史を愚直に生きた父の貨車

ゆっくりと明日が見える試歩の杖

こんな感じでこれらの措辞を使った句がいくつも詠まれました。こういったものを最初に思いついた方は素晴らしいと思うのですが、これを詠み込んだ二番煎じ、三番煎じを狙う追従者がどうしても現れてきます。いずれの言葉も五音のフレーズですから使いやすいところがあります。

川柳を詠む場合、他人の作品に感銘すると、どうしてもその中の気に入ったフレーズを自句に取り入れて真似したくなります。これは他の短詩型でも共通することでしょう。学ぶということは真似ることから始まる訳ですから仕方のないことです。

川柳の経験を積んでいって、「私は私だ」と開き直る時期にくると、自分なりの作句スタイルというものがいつの間にか確立されて、措辞というものを意識し始めてきます。そして自分なりの言葉を作ってみたい、それを使って思いを表現したい欲求に駆られます。しかしいきなり措辞や造語が閃く訳ではありません。じっくり言葉を練って練り上げましょう。

オノマトペ（擬音語・擬態語）から入り、自分なりの言葉探しをするというやり方もあります。

テーマ「裸」

原句　**言い負けて妻の背中を洗う夜**　S.M.（女）

下五にある「夜」は余計な感じがします。日中の口論、口喧嘩に負けた悔しい時間の経過が出ているとも解釈されますが、ここは素直に終わらせた方がいいでしょう。風呂に入って背中を流してやるのは、大概夜のことですからね。添削句はかなりコミカルな情景にしてみました。

添削　**言い負けて女房の背を洗わされ**

原句　**家を出る裸一貫城を建て**　S.T.（男）

こちらは中七にずばり「裸一貫」が入っていますね。上五の「（家を）出る」と下五の「（城を）建て」のいずれの動詞も、何々を何々するという言い回しの動詞なので、いずれかを自動詞的に変えて句に奥行きを持たせたらどうでしょうか。中七と下五の間に切れが生じて時間の経過、場面の展開が想像できます。

添削 家を出た裸一貫城が建つ

原句 中入のずらり並んだ太鼓腹 H.K.（女）

大相撲も十両までの力士と幕内とでは体格にも違いが出ますか。中七の「ずらり並んだ」の表現が平板で何か工夫が必要ですね。

添削 中入後貫禄揃う太鼓腹

原句 入浴の赤児を抱く母心 I.E.（女）

赤児を抱く母心は当たり前のことを詠んだだけですから川柳にはなっていません。母性愛の強さを詠みたいのなら、何かもう一つ持ってこないと情景にならないでしょう。

参考　揺るぎない愛を与えている授乳

原句　裸子植物花粉飛ばして危機を告げ　O.A.（女）

課題「裸」の詠み込み句ですね。発想を広げるという意味では結構なことだと思います。裸子植物が花粉を飛ばすのは生物学的には種の保存のためなのでしょうが、生物学の難しい進化論の話は別にして、下五の「危機を告げ」は擬人化されているようでユニークな発想だと思います。このままで。

原句　露天風呂裸足の白に風が刺す　B.H.（女）

上五の「露天風呂」は「湯上がり」にした方がよい。これに続く言葉から、自ずと露天風呂であることは理解できるでしょう。中七の「裸足の白」の白はあえて詠み込むほどではないと思います。

参考　湯上がりの足元そっと風が寄る

原句　湯上がりの娘に困る目のやり場　S.Y.（女）

父親ならそうなのでしょうが、同性の母親の立場でも目のやり場に困るのでしょうか。ちょっとリアリティーに欠けるような気がします。

添削　湯上がりの娘若さを見せつける

原句　災害にイチゴトマトも流れ行く　S.A.（女）

課題「裸」とこの句はどう関係するのか、悩ましいところがあります。包装をされていないイチゴとトマトだから「裸」に通じるということでしょうか。着想をかなり広げたということについては一応評価いたします。

参考　台風をもろにトマトの丸裸

原句　オペの痕風呂で見せ合うクラス会　K.M.（男）

これは情景がうまく浮かびますね。一泊旅行のクラス会のメインは宴会でしょうが、その前にひと風呂浴びて手術痕を見せ合う。その後に始まる宴会の盛り上がりとうまく対比がなされています。クラス会は賑やかさだけではないことをうまく詠んでいます。このままで。

原句　君だけに百パーセントすぎる愛　T.E.（女）

これもなかなか理解しづらい。上五中七と下五の間に切れがあるのでしょうか。そうしないと五七五全体を理解することが出来ません。

添削　君だけに百パーセント燃やす愛

原句

美女の注ぐ酒に浮かれて丸裸　H.K.（女）

下五の「丸裸」は、露骨な言い回しで興趣が削がれてしまいますね。心を丸裸にされてしまったことにすると、少しは情緒を醸し出せますか。私も飲兵衛ですので一言付け加えさせていただきますと、冷酒の方が口当たりもよくて酔いが早く回ります。

添削

美女の注ぐ冷酒心は丸裸

今回の課題は難しかったでしょうか。何度も言っていますが、辞書で意味は確認しましたか。類語辞典や漢和字典で発想を広げようと試みましたか。ネットは使いましたか。課題「裸」を詠み込んでも詠み込まなくても、辞書を一通りめくったら、「裸」のことを一日中考えてください。エロチックなことに思いを巡らすこともいいでしょう。喩えとして、心を裸にすることなどを思いつくのも悪くありません。「裸」をヒントにして何とか発想を捻り出そうと、脳味噌をもっと掻き回してほしかったですね。

真っ赤な林檎裸婦は肩から食べられる　博史

オノマトペで作る自分だけの世界

今回はオノマトペ（擬音語・擬態語）の話です。自分の思いを素直に表現したいために、独自の措辞や造語を詠み込むことはなかなか難しい。下手をすれば読み手には伝わらない自己満足、独り善がりの世界に陥る危険性を持っています。自分の五感で素直に受け止めたものを自分なりの言語感覚でオノマトペにしたならば、それはすんなり受け入れられるのではないでしょうか。

手元の類語辞典でどんなオノマトペがあるかと探してみると、日本語には他の言語と違ってかなりの数のオノマトペがあります。犬は「わんわん」、猫は「にゃあ」と鳴く。これは日本人なら当たり前の感覚ですが、英語では前者は「バウワウ（bowwow）」、後者は「ミュー（mew）」と鳴きます。英語圏の人の耳はこんな聴覚なのだということを改めて認識します。

森昌子のヒット曲に「越冬つばめ」というのがあります。歌詞の中に「ヒュルリ　ヒュルリララ」というつばめの啼き声のオノマトペがあります。これは作詞者の石原信夫さんの造語でしょうか。少なくとも辞書にはありません。

赤ちゃんは生まれてから一歳ぐらいになると意味の分からない喃語を喋り始めますが、その後に憶える単語は「パパ」とか「ママ」などが一般的でしょうか。破裂音（[p]・[t]・[k]）をまず使うというのは、口の構造と呼吸の関係から納得できます。言語学・音声学的には「パパ」「ママ」の呼称（名詞）はオノマトペから来たものでしょう。深く考えてみると、そもそも語彙というものは、オノマトペをベースに派生し増殖していったと言えます。言語の元祖はオノマトペであると言っても過言ではないのかもしれません。

五七五の流れの中に独自のオノマトペを入れ込むことは自分の世界を作ることであり、語彙も増えるのでもっと推奨されていいと思います。いきなり自分の頭の中で閃いたオノマトペを持ち出されてもなかなか分かってもらえませんが、十七音の中にうまく落とし込めば、それは文脈の中で理解され、輝きのある表現として読み手の印象に残ることとなります。

犬はワンワンと鳴くとは限らない。私には「○○○○」と確かに聞こえるという、自分なりの感覚、それに対するちょっとした信念を持つことです。赤ちゃんは喃語から試行錯誤のうえ単語を一つずつ憶えていきますが、親や周囲の人たちに教わりながらも自分なりの世界の中で言語を構築しコミュニケーションを図ろうとしている訳です。

五七五の世界でも、自分の思ったことを自分なりの表現で詠もうとする時に、妙に飾った言葉、誰かからの借り物の言い回しを使っていては読み手にはなかなか伝わりません。読み手の心の琴線に触れることはありません。

また、川柳と長くつきあっていく上で、耳から入る言葉の響きというものを大事にしてもらいたい。そういった意味でも、もっとオノマトペを使っていただきたいと思うのです。同音異義語ばかりの日本語の語彙は、小難しい単語、熟語がたくさんあります。言語というのは、そもそも話し言葉が基本で成立したものです。五七五のリズムを大事にするということは、音数を守るだけでなく、素朴な言葉を丁寧に扱うことでもあり、言語の原点であるオノマトペをもっと重視すべきだと思います。

雪はこんこんと降る。それではありきたりでおもしろくありません。何かを考えましょう。音のない世界だからこそ、自分なりの表現を生むチャンスになります。そしてそれを五七五に詠み込みましょう。

テーマ「器」

原句　夢のある話余生の皿に盛る　S.M.（女）

「余生の皿」はいいです。しかし正直に言って、若い時分とは違うのですから、余生には夢のある話はあまりないでしょう。悲観的にならなくてもいいのですが、少し屈折したものを漂わせないと、心情をなかなか感じ取ってもらえないのではと思います。

添削　まだ熱い夢を余生の皿に盛る

原句　荒れた墓地あるかもしれぬ名の器　H.K.（女）

下五の「名の器」の言い回しは言葉が足りない。名のある器ということを言いたいのが伝わらないでしょう。上五の「荒れた墓地」も漠然としていますね。もっと具体的なものを持って来ましょう。少し夢のある話に変えてみませんか。

添削　お宝の器眠っている古墳

原句　日本食器で気品保ってる　S.T.（男）

上五の「日本食」は和食のことでしょうが、和食もいろいろあります。具体的に懐石料理などはいかがでしょう。下五の「保ってる」も硬い言い回しですね。理屈っぽくなっています。

ひねった言い回しで味わいを出しましょう。

添削　懐石のお皿気品も味になり

原句　花器ステキ生花生き生き胸躍る　N.H.（女）

中七の「生花」と「生き生き」が被っています。生花は具体的な花を持って来ましょう。下五の「胸躍る」も作者の胸が躍っているのではなく、花を擬人化させて花の胸が躍っているように詠み込めば、一気に味わいが出てきます。

添削　洒落た花器活けた薔薇までルンルンと

原句　カレーだと子等の大皿てんこ盛り　K.M.（男）

カレーライスはほんとに食が増しますね。てんこ盛りの情景が目に浮かびます。一つ注文を付けるとすれば、中七の「大皿」が気になります。詠み手としては、お皿も強調したいのでしょうが、それは「てんこ盛り」一点だけで十分です。二つも強調すると、虻蜂取らずで焦点がぼやけてしまう恐れがあります。その辺は気をつけましょう。

添削　カレーライス子等へ見事なてんこ盛り

原句　爆弾を抱えたオカンの闘病記　S.A.（女）

こちらは中八になっています。「抱えた」の「た」は削れます。これで形は整いました。上五の「爆弾」は大病を指しているのでしょうから下五の「闘病記」と被っているところがあります。闘病しているけれど、何か別の振る舞いで器の大きさを感じる。そういう発想を持って来ましょう。

参考　闘病の母最後まで子を思い

原句　実力は中途半端な空威張り　O.A.（女）

うーん、当たり前と言えば当たり前の句になってしまっています。実力があれば空威張りなどしないものです。いや、実力がない者の空威張りは、それを隠そうと当人は案外必死なのではないですか。そういったところを冷静に観察しましょう。器の小さい人だということを空威張りで実感しちゃいましょう。

参考　**空威張り小さい人だなと思う**

原句　**山積みの仕事見守るマグカップ**　S.Y.（女）

これは添削するところがない秀句ですね。擬人化されたマグカップの表情（無表情かも）が目に浮かびそうです。山積みのものは、ファイルや伝票類ですかね。パソコンもしっかり作者と向き合っているようです。仕事に追われている情景がうまく描かれていて、擬人化で川柳的なおもしろさが醸し出されています。「器」の題詠として味わいもあります。このままで。

原句　益子焼秋の風情でおもてなし　S.Y.（女）

これも可です。益子焼と秋の風情がうまくマッチしています。益子焼でどんなおもてなしを受けたのか、どんなにか風流であったのか、私も一度体験したくなりました。一か所だけ添削させてください。「風情で」は「風情の」に、「てにをは」を変えましょう。助詞の「て」や「で」（正確には助動詞）は、なるべく避けるように推敲しましょう。この場合、「で」を「の」に変えただけで理屈っぽさがかなり軽減されます。何度でも読み返すと分かっていただけると思います。

参考　益子焼秋の風情のおもてなし

原句　投げられた器心が痛くなり　T.E.（女）

感想を読むと、若かった時分の夫婦喧嘩を題材にしたことが記されていますが、シリアスとは言え少し危なっかしい場面を描写していますね。「投げられた」ではなく「投げられそうになった」ことにしたらどうでしょう。そうすると、少しは若い頃が懐かしく感じられるますか。器の気持ちにも少し思いが及ぶように変えてみました。

参考　痴話喧嘩投げられそうになる茶碗

原句　プレバトの器にこめる心意気　S.M.（女）

テレビ番組「プレバト」の俳句コーナーは人気があるようですが、それを器に見立てた発想はなかなか上手いと感心しました。しかし「プレバトの器」という措辞をすんなり理解出来る人は少ないのではないですか。そこはいくらか解説するような説明も必要かと思います。俳句の心をおもしろおかしく競い合うのが番組の狙いでしょう。そこらあたりも入れ込みたいですね。

参考　プレバトは器心を競い合う

原句　轆轤だけ遊ばれ遊び日が暮れる　T.E.（女）

中七の畳語的な表現「遊ばれ遊び」が効果的に使われていません。上五の「轆轤だけ」も強調し過ぎになっています。もっとさらりと詠んでみませんか。言葉を前後入れ替えるだけで、情景にぐんと味わいが出てきます。添削句は上五が動詞の終止形になっていますので、下五は余韻を残す形にしました。

添削　日が暮れる轆轤に遊び遊ばれて

雑詠と題詠の実践

雑詠とは何か ―主観の世界―

雑詠とは何だろう。題詠とはどう違うのか。その前に、なぜ自分が川柳を趣味にしたのか。それを振り返ってみましょう。

周りに川柳をやっている人がいて勧められたから、新聞などの柳壇を読んでおもしろそうだったから、これなら自分も作れそうだと思ったからなど、その理由は人それぞれかもしれません。どういうきっかけで川柳と出合いつきあうことになったにせよ、皆さんの心の中には五七五で表現したいという欲求があるはずです。

それでは何を表現するのか。与えられた課題をもとにいろいろ思いを巡らして句をひねる。このプロセスを深めていくと自分なりの思いを込めること、自分そのものを表現することにつながっていきます。つまり五七五による自己表現になる訳です。

自分が見た、聞いた、触ったもの、自分の身辺を題材にして自分を表現してみようと考える。絵筆を持って絵の具で絵を描くのではなく、鉛筆と消しゴムと紙で十七音に何か自分で思った、感じたことをまとめてみたい気持ちがあれば、自然と詠みたいものは現れてきます。これが「雑詠」です。

例えば、休日の昼下がり、茶の間で一人コーヒーを飲みながら新聞をめくっているとしましょう。これだけで二句や三句は詠めます。ふと見つめた自分の手や指先、目を向けた窓の景色、思い返した昨日の出来事、カレンダーにある明日の予定…、思い巡らす材料やヒントは無限にあることに気がつくはずです。

他人のことや社会現象を捉えて詠む前に、自分と自分の周辺を観察してください。不機嫌だった昨夜の自分と向き合うのもいいでしょう。明日の楽しみについて妄想を膨らますのもおもしろい。必ず五七五の形になった何かが生まれてきます。

テーマ「雑詠」

原句

恋をして初めて母へ嘘をつく　S.M.（女）

発想はおもしろいのですが、表現が平板です。少し理屈っぽいかな。繰り返し表現のテクニックを使いましょう。上七になりますが…。

参考

初めての恋初めて母へ嘘をつく

原句　目のあたり人がまつわる面白味　I.E.（女）

ストレートな表現で最後にズバリ面白味と言い切ってしまうと、読み終えて残るものがありません。

添削　人間の観察が好きまだ傘寿

原句　出会いあり別れもあるという風情　S.T.（男）

風情は直接それを表現に入れるのではなく、結果的に匂わせる、漂わせるやり方でまとめましょう。ちょっとロマンチックになりますが…。

添削　出会いから別れへ四季が知るドラマ

原句　ありがとう日陰に咲いた海老根蘭　S.M.（男）

かつて山を歩いた時の経験を詠んだということですので、そこらあたりを盛り込んだら分かりやすくなります。

参考 山行の汗を労う海老根蘭

原句 隠し事あって夫婦はおもしろい N.H.（女）

添削 隠し事それも夫婦の隠し味

「おもしろい」と直接言っては面白味に欠けます。少しひねりましょう。

原句 健康は義理チョコなしの自分チョコ S.A.（女）

「義理チョコ」はあえて入れなくても十分でしょう。自分チョコだけに焦点を当てましょう。

添削 健康を素直に感謝自分チョコ

原句 またねって不確かな約束をする　Y.K.（女）

単に事実を描いただけの印象になっています。不確かで当てにならなくても、「またね」が決まり文句になっていること、それはそれでいいと認めた思いを述べたらどうですか。

参考 夕焼けて別れが惜しいじゃあまたね

原句 化粧せぬ一日だった楽だった　S.K.（女）

一日を淡々と表現していますが、もう少し自分の思いへ突っ込んでみましょう。中七下五が句またがりになりますが…。

参考 スッピンの一日取り戻すワタシ

原句　万歩計二割三割探し物　K.M.（男）

二割三割と細かく言い表さなくてもいいでしょう。感想にある齢を重ねた感慨を込めて…。

参考　万歩計一日老いの探し物

原句　弁当に愛も願いも入れておく　T.E.（女）

「愛も願いも」は同じような思いの重なりを感じます。例えばもっと強く母としての愛情を込めた表現にしたらどうでしょう。

参考　親心だけは負けないお弁当

原句　気配りの切手の中に見せる四季　S.M.（女）

ここに出てくる「四季」は幅が広くてぼやけていませんか。春夏秋冬のどれかを選んで焦点を当て、それを入れ込んだ方がいいでしょう。具体性が必要です。

添削　気配りの切手小さな春を呼ぶ

原句　後の世がグローバル化で予測ない　I.E.（女）

中七の「グローバル化」は、世界の趨勢として経済のみならず以前から始まっており、日本はもう既に呑み込まれています。後戻りは出来ません。下五の「予測ない」も言葉足らずで、無理に五音として押し込んだ感じがします。感想を読んでもなかなか句意を汲み取ることが出来ませんでした。上七になりますが…。

参考　グローバル化が空気のような近未来

原句　寝静まる夜更け至福の赤ワイン　H.K.（女）

上五の「寝静まる」は、作者である私以外の家族はもう床について寝静まっているということでしょうか。中七の中の「夜更け」と被っていますね。どちらか一方は省きましょう。「至福」も直接的な言い回しです。至福の具体的な感覚・感情を別の形で言い表しましょうか。

添削 赤ワイン一人の夜が満ちてくる

原句 やっと春お池の鯉も動き出す　S.T.（男）

春が近づいてきて動物たちも動き出す。これは当たり前の現象なので何かひねりを入れましょう。擬人化してみますか。

添削 やっと春池の鯉まで笑み溢れ

原句 理不尽の波ばかり来るただ生きる　O.A.（女）

全体的に硬い言葉で教訓調になっています。理不尽の波に対するやるせなさを訴えたらどうでしょうか。

添削　理不尽の波ただ生きるほかになく

原句　春うらら旅番組の梅に逢う　S.Y.（女）

ひねりがありません。テレビの向こうの梅に逢っても、感動には限界があります。もっと誇張したものにしましょうか。そうすると、テレビを観て満足するだけでは済まされない欲求に襲われるかもしれません。

添削　旅プランテレビの梅にそそられる

推敲の苦しみと楽しさ

雑詠を詠もうとして、何か適当な材料がないか頭の中の記憶を掘り起こして探そうとする。いろいろと思いを巡らせて、そういえば最近こういうおもしろい体験をしたな…、今世間で話題になっていることについて私自身は内心こう考えているのだけれど…、などといくつもの題材が脳裏に浮かんできます。これらの一つ一つをテーマにして、いろいろな切り口で雑詠の川柳が詠めてきます。

皆さんの作品もこのようなプロセスを経て出来上がったものでしょう。しかし残念ながら、まだまだ自分で思ったこと、感じたことを説明的に詠んだものが多いと思われます。

そこに、もう一つ何かを付け足してみる。虚構でいいのです。これは料理と同じで、例えばカレーを作るには肉とジャガイモ、玉葱、人参があれば充分ですが、さらにブロッコリーを加えると彩りも格段に変わります。作句においても、そういうプラスアルファの材料を見つけて取り入れてみると、句の風景ががらりと変わってきます。表現に奥行きも出て、鑑賞される場合も深みが増します。少なくとも説明表現ではなくなります。

さらにカレーの作り方を例に続けて言うと、材料だけでなく、使うスパイスの種類や匙加減で味つけも変わってきます。川柳だとスパイスは表現のひねりでしょうか。比喩や擬人化、繰り返し表現や倒置法などを使った、ひねりのある表現にするだけで句の味つけが格段に違ってきます。旨味が出てきます。もちろん、これには助詞の「てにをは」を含めた推敲を繰り返しすることが肝心です。

推敲の話が出てきたのでついでに言いますと、推敲は一回だけではなく日をおいて複数回行うのが望ましい。そんな暇はないと言われてしまいそうですが、いろいろな角度から改めて詠み直してみる。昨日の私と今日の私の気持ちには異なるところがある。そういう自分への冷静な見方を持って推敲することが、読み手を意識して少し客観的に句を詠むために大切なことでしょうか。

テーマ「雑詠」

原句　大皿に盛った夕餉の初鰹　S.M.（女）

「大皿」「盛った」「夕餉」「初鰹」とくっついた言葉がいくつも出ています。言いたい思い（特に大皿への思い）はよく分かりますが、四つのうち二つぐらいは省きましょう。代わりに擬

人化を使います

添削　大皿に載り畏まる初鰹

原句　思い出す笑顔絶さぬ母が居た　S.T.（男）

「絶さぬ」の送り仮名は「絶やさぬ」が正しい。上五でいきなり「思い出す」と言い始めたのが、何か唐突に改まったような硬い感じがします。

添削　仏壇の母の笑顔は色褪せず

原句　何時どこで油断のならぬ誘拐魔　I.E.（女）

いつでもどこでも油断ならないのが誘拐という犯罪ですので、上五中七はごてごてした説明になっていますね。何か新たな発想を持ち込まないと川柳にはならないでしょう。上七の字余りになりますが…。

参考　誘拐事件日本列島悲しませ

原句　七転び八起きをしても待つチャンス　S.M.(男)

中七の「しても」が引っ掛かります。七転び八起きをしても待つのではなく、七転び八起きをするくらいの何事も諦めない精神があるから、ひたすらチャンスを待ち続けるのではないですか。

参考　七転び八起きの汗が運を呼ぶ

原句　好きな事してる貴方は別人ね　N.H.(女)

こういう人を見てこういう感慨を持つことはよくありますね。具体的な何かを一つ持ち込んだらどうですか。例えば私の思いつきになりますが、鮎釣りの光景でも入れたらいかがでしょう。

参考 別人の貴方に変わる解禁日

原句 本心を知って会話がぎこちない　I.K.（女）

言いたいこと、感じたことは素直に分かるのですが、表現にひねりがありません。中七に出てくる「知って」の「て」が理屈っぽい。「てにをは」の助詞の中で「て」と「も」はあまり使わない方がよい。「本心を知った会話がぎこちない」と一字を変えただけでも、句が理屈っぽくなくなり引き締まってきます。また、下五の「ぎこちない」の表現がそのものズバリの言い回しなので、さらに一工夫した言い方に変えてみます。

添削 本心を知りぶつ切りになる会話

原句 ベビーカー乗った子供が繰るスマホ　H.K.（女）

「ベビーカー」「乗った」「子供」とくっついた言葉が重なっています。「繰る」「スマホ」もくっついています。これらを整理しましょう。幼児がスマホを弄っている光景に唖然としたという思いを素直に吐きましょう。

添削　ベビーカー覗けばスマホまでおもちゃ

原句　母の日に母のおごりで親不孝　S.Y.（女）

この句にも助詞（助動詞）の「て（で）」が出てきました。原因と結果のプロセスを説明するような「て（で）」の使い方には、興趣を削ぐマイナス効果があります。少なくとも「母の日も母がおごった親不孝」ぐらいに変えないと川柳としての味わいが出てこない。何か小道具を使いましょう。

参考　母の日も母の財布は休まらず

原句　初任給わが身を守る貯蓄型　S.A.（女）

最近の若者は、自動車を買わない、コーヒーは苦いので飲まない、ビールの苦みより甘いカクテルを好む…、とか。そんな傾向があっても、日本経済の先行きの不透明さを考えると、若者が貯蓄志向となるのも納得できる気がします。将来的に国の年金は当てにならなくなりそうですからね。下五の「貯蓄型」は誇張した言い回しでそれはそれで滑稽なのですが、ここはさらりと言った方が、よりリアリティーが出るのではないですか。

添削 初任給わが身のためにまず貯める

原句 大賞にこれから味をかみしめる　T.E.（女）

これはなかなかいい見つけ方だと思います。周りが一時大騒ぎしても、当人の気持ちとして、すぐにはその雰囲気についていけないものです。

参考 授賞式終えてしみじみ缶ビール

原句　**朝ドラを観て一日が動き出す**　K.M.（男）

なかなかいい見つけ方ですね。ＮＨＫの朝ドラを観終えて一家が動き始める風景が目に浮かびそうです。どうしても理屈っぽくなる助詞の「て」を使わないで詠み直すと、七七五の破調になりますが…。

参考　**朝ドラ観終え我が家の今日が走り出す**

原句　**おしゃべりがご馳走になるおもてなし**　S.M.（女）

なかなかいい発想です。ご馳走の中身がおしゃべりだとは、まさに川柳的なおもしろさが出ています。どんな話題のおしゃべりに盛り上がったのでしょうか。想像したくなります。参考句は上五「おしゃべりが」の「が」を「を」に変えてみました。ここを変えただけで理屈っぽさがいくらか消えるでしょう。また、おしゃべりをご馳走と受け取って、おもてなしに対する謝意を表明する雰囲気も出てくると思います。

参考　おしゃべりをご馳走になるおもてなし

原句　トタン屋根夕立が打つドレミファソ　H.K.（女）

うまく五七五に収まっていますが、理屈を言えば、下五の「ドレミファソ」は単なる音階ですよね。音階からさらにメロディーとなるから、トタン屋根に耳を傾けたくなるのではないですか。

添削　夕立のメロディー弾むトタン屋根

原句　会えるかな会えるといいな何時も道　S.T.（男）

下五の「何時も道」は、無理やり五音に収めるための造語ですね。意味は汲み取れますが、表現に無理が出ています。感想にあるとおり、日々の散歩をストレートに持ってきたらどうですか。会えることが楽しみならば、夜ではなく朝の散歩だということも分かってもらえるでしょう。

添削　会えるかな会えるといいな散歩道

原句　ほどほどの距離で友とのいい加減　B.H.（女）

下五の「いい加減」を本来の意味でとらえると、上五の「ほどほど」と同じような言葉の繰り返しになります。「いい加減」のもう一つの意味である、嘘やごまかし、でまかせということなら、これは正反対になりますから、句意を量り兼ねることとなります。

感想を読むと、前者の解釈の方を盛り込んだようですね。そうならば、何か比喩でも持ってきましょうか。

参考　車間距離保ち友との五十年

原句　皇后さまキャリアウーマン父譲り　S.A.（女）

中七の「キャリアウーマン」と「父譲り」は、厳密に言えば矛盾していますね。もちろん「母譲り」ならばその矛盾は解消しますが、事実と異なることになります。

添削 皇后さま元のキャリアを活かす笑み

原句 助け呼ぶ声が響いて深夜病棟　O.A.（女）

病院の光景を詠んだものですが、下五の「深夜病棟」が七音になっていますので、そこは直しました。

添削 助け呼ぶ声病棟の午前二時

原句 七月にコタッに入りニッコニコ　N.H.（女）

梅雨寒の情景がうまく出ています。上五から中七への言い回しについて、「てにをは」の「に」が繰り返されていますね。最初の「に」を「の」に変えるとどうでしょう。「七月のコタツ」とすると理屈っぽさが取れてちょっぴり詩的な表現になりませんか。「の」に変えられる「てにをは」は、なるべくそうするようにしましょう。一気に詩的世界へ入り込むことが出来ます。

参考 七月のコタツに入りニッコニコ

原句 新ジャガがほくそ笑んでるお裾分け T.E.（女）

新ジャガがうまく擬人化されています。でも中七の「ほくそ笑んでいる」にはちょっと違和感があります。「ほくそ笑む」の意味を辞書で確かめてください。ここは素直な言い回しでいきましょう。収穫の喜びを新ジャガの笑顔に投影させましょう。

添削 新ジャガがニコニコしてるお裾分け

原句 お囃子に手拍子合わぬリズム感 S.Y.（女）

「お囃子」「手拍子」「リズム感」と、くっついた言葉が並び過ぎています。どれかは削りましょう。代わりに何か持ち込みましょう。リズムに合わなくても興趣が出ていることを詠んだらどうでしょうか。

参考 お囃子に合わぬひょっとこ憎めない

原句 朝歩き先頭行けば蜘蛛の網　K.M.（男）

感想を読むと、毎朝早くの散歩で蜘蛛の巣に引っ掛かってしまうことを詠んだと書かれていました。先頭を歩くとこんな目に遭うのですね。添削句は、散歩する側からではなく蜘蛛の巣の方からの視点で詠み直してみました。

添削 蜘蛛の巣が朝の散歩を待ち構え

「自分自身の言葉」で表現しよう

川柳と俳句の違いについては、皆さんある程度は知識として承知していると思います。形式的には、前者は口語体で季語は不要、後者は文語体で季語があり、切れ字を使うこともある。ここらあたりが一般的に説明されているものでしょうか。また、前者は人間を詠む、後者は自然を詠むなどと言います。前者の三要素として、穿ち・可笑しみ・軽みなどが挙げられます。

さて、こういったこととは別に、川柳と俳句の作句上の違いを私なりの視点から述べてみます。

NHKの俳句番組などを視聴していると、作句指導する講師が歳時記をよく読んで季語や季節感のある表現を覚えることを教えています。私の個人的見解では、この指導は俳句の世界では常識的なものなのでしょうが、川柳的には当てはまらないのではないかと考えています。川柳における表現とは、自分で考えて練った言葉を使うことが大切だからです。

自分で考えて練った言葉、自分の言葉とは何でしょうか。借り物ではないということです。俳句では「ブランコ」を「鞦韆《しゅうせん》」という漢語の難しい言葉を使って言い表します。春の季語になっています。こういう日頃口にしない言葉は、口語体の川柳には不向きです。

歳時記や辞書で見つけたからと言ってすぐに川柳の五七五に取り入れるのはよくない。「鞦韆」という言葉をしっかり覚えて自分のものとし、それから五七五に詠み込むのが望ましい。時間をかけて自分の頭の中できちんと言葉を咀嚼し消化する。どういう表現（文脈）の中で使ったらいいのか自分なりに理解したうえで用いる。自分の言葉とはその人にとっての生きた言葉なのですから、言葉のニュアンスも大切に扱わなければいけません。

知ったかぶりで使った言葉の言い回しはいずれぼろが出ます。適当な言葉を探すために類語辞典をひくことはよいのですが、あまり使われないような言葉（熟語・文章語）に飛びついて無理に持ち出してこようとすると、同音異義語の多い日本語の世界では、耳から入れて味わう句会や大会ではなかなか理解されません。不向きです。

また流行語などにすぐ飛びついて五七五に入れ込もうとするのも慎重になった方がいいでしょう。時事吟は別ですが、流行語とは、日本語として定着しそうもないものがほとんどです。言葉が世相の中で消費されているだけなのです。

川柳の作句においては、自分で正直に思ったこと、素直に感じたことを無理のない自分の言葉で表現する。多読多作を心がけながら、このことにも留意しましょう。自分自身の言葉、それを丁寧に編んだ川柳は必ず読み手の心に伝わります。

テーマ「雑詠」

原句　曖昧な返事みんなを困らせる　S.T.(男)

感想に、会議の中でのことと記されていましたので、それを入れ込んで、具体的な場面にしましょう。会議そのものを擬人化するとおもしろくなります。

添削　曖昧な意見会議を困らせる

原句　お名前が思い出せない空回り　H.K.(女)

ある程度の年齢になってくると、こういうことはよく起きます。名前は思い出せなくても、話が噛み合うこともあるでしょう。それを句にした方がもっとおもしろくなるのではないですか。

参考　お名前が思い出せずに立ち話

原句 出来秋の胸算用で旅の計　I.E.（女）

収穫時期の嬉しさが伝わります。どこの温泉に行こうか、などと考えながら農作業する姿が目に浮かぶようです。中七の「胸算用で」の「で」は変えて理屈っぽさを取り除きましょう。

参考 出来秋の胸算用は旅プラン

原句 窓ガラス孫の手形に手を重ね　S.M.（女）

お孫さんとの微笑ましい場面が想像されます。孫の手形に焦点を当てていますが、作者の手にも焦点を当てるとこうなりますか。微妙に味わいが違ってくると思います。

参考 窓ガラス孫の手形に重ねる手

原句 ウォーキングベンチ横目にすまし顔　N.H.（女）

頑張って歩いている光景が目に浮かびます。下五の「すまし顔」は弱い感じがします。ベンチを擬人化してもっと誇張してみましょう。

添削　**ウォーキングベンチの顔へ振り向かず**

原句　**まなざしは遮光器土偶今を見る**　O.A.（女）

上五の「まなざしは」が中七を飛び越えて下五の「今を見る」へかかっています。しっくりしていません。七五五になりますが、入れ換えましょう。

添削　**遮光器土偶まなざしは今を見る**

原句　**句を残す行雲俳人山頭火**　K.M.（男）

五七五の中は、放浪の俳人と言われる種田山頭火のことで言い尽くされています。何か自分のことを詠み込みましょう。詠み手の自分が不在の句になっています。

参考　雲が行く山頭火にもなれず居る

原句　歩いたら違った世界見えてきた　T.E.（女）

　感想を読みますと、車を旦那さんに貸したので久し振りに歩いてみたことが記されていました。しかし、そのことが読みとれません。病院のリハビリを思い出すような印象を持ってしまいます。少し違った角度で発想を変えてみましょうか。

添削　秋日和違う世界を見る散歩

原句　山紅葉ライトアップに別の顔　S.Y.（女）

　感想に、中七を「ライトアップで」にするか迷った旨のことが記されていました。「てにをは」の使い方に悩んでいるとも。助詞（助動詞）の「て（で）」はなるべく使わない。それは「何々したから何々になった」という原因と結果の関係を強めて、理屈っぽくなってしまうからです。これはすぐには理解していただけないことかもしれません。何度も読み比べて会得するほかないでしょう。一言だけ言わせていただくと、理屈っぽい川柳が好きですか。味わいのある川柳の方がいいでしょう。このままで。

原句　てっぺんに束の間の城観覧車　S.Y.（女）

感想に、三歳の孫と乗った気分で詠んだので上五は「てっぺんに」と、あえてひらがな表記にしたと書かれていました。それはそれでいいのですが、お孫さんを句に持ってこなくてもお城の気分になれると思います。

添削　束の間の天守閣です観覧車

原句　青い空心浮き浮き身も跳ねる　S.T.（男）

何か一つ足りない。何かを持ってきましょう。そして上五の「青い空」が平凡な言い方なので、助詞を一つ入れて中七下五との関係性を強めましょう。参考句は、とりあえずいい日和の旅行という場面設定にしてしまいましたが、下五に入れる言葉は作者が思うところを入れてください。

参考　青空へ心浮き浮きバスの旅

原句　食事するあなたとだから意味がある　S.M.（女）

下五の「意味がある」は硬い言い回しですね。なかなかイメージしづらい。少しロマンチックに具体性を持たせましょうか。

添削　食事するあなたとわたし愛の中

原句　立ったけど思い出せない立ったわけ　H.K.（女）

発想はいい。おもしろさは百点満点です。誰でも経験することをうまく見つけ出しました。あとは表現の工夫が必要だと思います。理屈っぽさを少し抑えてさらりと詠みましょう。それで読み手に充分おもしろみは伝わると思います。

添削　立ったけど何で立ったか考える

原句　秋を嗅ぐ車に一つかりんの実　H.K.（女）

感想に、かりんは食用に向いていないが香りはいいことが書かれていました。車の中という場面設定は省いていいかと思います。また原句では上五の「秋を嗅ぐ」が中七の「車」との関係で連体修飾語のように受け取れてしまうので、これも直しましょう。

添削　かりんの実私だけの秋を嗅ぐ

原句　雅子さま通訳いらず笑みてハグ　S.A.（女）

皇后陛下となられてからの雅子さまのことを詠んだと思いますが、下五の「笑みてハグ」は何かこなれていない言葉の使い方ですね。ハグするシーンもなかなか目にすることは出来ないでしょうから、「笑み」の方に絞り込んだらどうですか。

添削　通訳も要らず微笑む雅子さま

原句　八十路きて拝め嬉しい令和の陽　K.M.（男）

中七の「拝め嬉しい」はぎこちない言い回しです。これを何とかしましょう。下五の「令和の陽」の措辞は、作者の考えたものでしょうか。これは素晴らしい。満点です。

添削　令和の陽拝んで嬉し八十路坂

原句　スマホ撮る誰もかけっこ見ていない　B.H.（女）

上五の「スマホ撮る」の言葉遣いはおかしい。「スマホで撮る」を五音にするために無理に縮めましたか。字余りになってもきちんと川柳的に表現しましょう。

添削　かけっこへスマホかざして秋日和

原句　ダイエット重ねるうちに歳をとり　N.H.（女）

なかなかおもしろい発想です。ダイエットを何度も重ねて何度も失敗したのでしょうか。滑稽味があります。参考句は、何度やっても失敗してなかなか懲りないところをもう少し漂わせてみました。

参考　ダイエット繰り返しては歳をとり

原句　待ったなし気魄ぶつかる大勝負　T.E.（女）

大相撲の醍醐味を上手く詠み込みました。強いて言えば、上五中七と読んでいけば、下五の「大勝負」はもう要らないような気もします。

参考 待ったなし気魄と気魄ぶつけ合い

原句 青い空ピンク黄赤春セット K.M.(男)

この句の中にある彩りは、感想によれば芝桜や水仙を指しているようですが、何か言葉足らずでイメージが摑めません。カラフルな色ばかり先行している感じがします。

添削 青空を画布に水仙芝桜

原句 子の入社パパも辞令に意欲出す T.E.(女)

子の入社とパパの辞令を対比させるような形に近づけた方が、理屈っぽさが取れて面白味が増すと思います。

添削 子は入社パパも異動にさあファイト

座の文芸、個の文芸

以前、いつも参加している例会に「新鮮」という宿題が出て、私は次の二句を提出しました。

栃木では食べられません生しらす
児の瞳思いがけない問いが来る
（下野川柳会平成三十年八月句座・出席の部宿題「新鮮」伊藤王子選）

作句する前にまず国語辞書で「新鮮」の意味を調べました。次の三つの意味がありました。①魚や野菜が生きの良さを保っている様子「新鮮野菜」、②汚れなどが感じられず、さわやかさを保っている様子「新鮮な空気」、③新しさが感じられる様子「新鮮なアイデア」。①と②の意味は少し重なっています。③は①と②の使い方から派生したものでしょうか。課題を前にしていろいろな着想を探そうとする場合、まず①と②の意味を手掛かりにして脳味噌を掻き回し、何かヒントを見つけようとするのが一般的だと思われます。

さて、私もいろいろと考えた末に、生しらすは鮮度が大事であり、海辺の町でないとなかなか食べられないことを思いつきました。そこで前者の句が生まれました。前抜き（佳作）に採ってもらいましたが、この句は前抜き程度の句だと自分でも納得しています。

まず、五七五の言い回しが散文調です。五七五にまとまったから川柳になったようなもので、ひねりがほとんどありません。「栃木では生しらすは食べられません」という散文を五七五に組み換えただけの句です。強いて言えば下五の「生しらす」が倒置法によって最後にきているのが、ひねりと言えばひねりでしょうか。

「栃木では食べられません生しらす」という句におもしろさが感じられるとすれば、課題「新鮮」に対して、生しらすという食べ物のことが閃いて、それをもとにこういう句が出来上がったということでしょうか。

句会や大会において、課題に対する発想の奇抜さを競い合う。これが楽しいのは「座の文芸」の妙があるからです。一堂に会して詠む楽しさです。しかし、座の雰囲気から離れて、かつ課題も削ぎ落して句そのものと向き合って味わおうとすると、あまりおもしろく感じられない句がたくさんあるというのも実感します。題があるからおもしろい、題を踏まえると味わいが感じられる。こういう句は、「課題にもたれた句」と言います。生しらすの句はその典型でしょう。

なお参考までに言いますと、五七五の中に「です」「ます」などの敬語を入れて五七五に調えるやり方は戦後に始まったようでそれ以前はありません。しかしこれが流行し、現在ではよく目にする措辞になりました。川柳を長くやっている方で「です」「ます」を入れるのは好ましくないと頑なに拒否する考えの人がいます。おそらく散文的になることを嫌っているからそう言うのでしょうが、今ではすっかり公認されたスタイルになっていると言えます。

さて、後者の句「児の瞳思いがけない問いが来る」については三才に採ってもらいました。これは③の意味をもとに詠んだものです。前者が前抜きで後者が三才、この違いについて、作者である私が述べたいのは、後者は課題にもたれていないからそこが評価されて三才に採られたのではないか、そう考えていることです。

幼い子どもの持つ好奇心、問いかけというのは、大人が考えている以上の新鮮さを持っています。新鮮な質問をいきなり投げつけられた衝撃は誰でも経験するでしょう。そこを詠んでみました。小さな子どもと言えばすぐ連想する澄んだ瞳が思いついて、上五にそれを入れ込んだ次第です。

課題にもたれていない句は、課題から離れて句そのものを読んでも味わいがあります。課題は単なる手掛かり。出来上がった作品は「座の文芸」としての味わいとは別に、「個の文芸」として別の機会に改めて一人で鑑賞した場合でも趣があります。

川柳という文芸は、句会や大会などの雰囲気の中で課題をもとに詠んで競い合い、それをみんなで楽しむ「座の文芸」でもあり、一人で部屋に籠って常日頃自分が思っていることを雑詠として詠んで、他人の評価は二の次、自分なりの満足感を得る「個の文芸」でもあります。

一読明快の快感、思わず膝をぽんと打ちたくなるおもしろさは句会や大会の醍醐味であります。座の文芸のおもしろさにはまるとこれが病みつきになります。しかし、それらにばかり軸足が行くと、入賞・入選しようと点数第一主義にはまり込み、句そのものの鑑賞より合計点数の多寡に関心が行ってしまいます。

同想の句は相打ちとなりボツ（落選）となりますが、だからと言って、自分の実体験に基づかない、奇を衒うばかりの発想で現実的ではない句を詠んでみても、嘘くさいものとなり、詠み手である自分自身が振り返ってみて後に残るものが何もない、そんな代物に成り下がってしまいます。

座から個へシフトする場合の危険性は独善に陥ることです。句集で独り善がりの句を読まされても辟易するだけです。句会や大会に積極的に参加して視野を広げ、そこで出合った佳句をじっくり鑑賞すればいいのに、自分の世界に浸り過ぎてしまう。これでは他人になかなか評価されません。人に鑑賞されて川柳は成り立っている訳ですから、自己満足を得ながらも他人の眼を意識する必要があります。

川柳と長くつきあっていくうえで大事なことは、座と個のうまいバランスが必要ということでしょうか。三〇年近く川柳とつきあってきた私の実感でもあります。

テーマ「雑詠」

原句　**手の跡を残した母の手芸品**　S.M.（女）

これはなかなかいい。手の跡は実際に見えるのではなく、心の眼に映るものと解釈すれば奥深く読めます。下五の「手芸品」がぼやけています。具体的に何かを持って来ましょう。

参考　**手の跡を残した母の毛糸帽**

原句　**カフェの卓挟んでテレる老二人**　H.K.（女）

老夫婦の光景としてはおもしろい見つけ方ですが、「テレる」は、あえて詠み込まない方が深みのあるものになります。「老二人」は「老い二人」にした方がいいでしょう。

添削　**老い二人カフェで向き合う久し振り**

原句　**この国に子を喰らう闇サトゥルヌス**　O.A.（女）

感想でサトゥルヌスについての説明がありました。それを読むと、中七の「子を喰らう」と下五の「サトゥルヌス」は表現が被っています。説明になっている「子を喰らう」は思い切って省きましょう。読み手が分からなかったら、自分で調べればいいのです。

添削　**虐待死日本にもいたサトゥルヌス**

原句　**ボケとホレ同じ漢字で長く生き**　S.M.（男）

「惚れる」と「惚ける」は同じ「惚」という漢字を使うことから出た発想ですかね。いい見つけ方ですが、下五の「長く生き」が弱い。上五中七との関係性が稀薄です。何か一つ小道具を置いてみましょう。

参考　**惚けてなお惚れたまんまの夫婦箸**

原句 **穏やかに未来を語る老い二人** S.T.（男）

中七の「未来」の措辞が適切かどうか迷いました。先が見えている老い二人には、「未来」ではなく「明日」の方が相応しいのではないかと思ったのです。私の結論としては原句の表現を尊重しました。自分たちがあの世へ行ったあとの我が家や日本の未来のことを語り合える、そのスケールの大きさに共感したくなったのです。

参考 **老い二人未来を語り合う湯呑み**

原句 **風鈴の音色を遠くうとうとと** N.H.（女）

風鈴という対象の聴覚的な印象にズームインして、それを睡眠という欲求に結び付けているところに妙があります。下五が「うとうとと」の副詞で終わっていて、この余韻をどう味わうか、読み手の鑑賞力にかかってくると思います。

参考 **風鈴の音が遠くなる腕枕**

原句　娘さん問われてええとほほえんで　T.E.（女）

感想では、お嫁さんを娘さんですかと訊かれたことが嬉しかった旨のことが記されていましたが、原句からそのことは読み取れません。実際の経験をもとに、少しフィクションを混ぜて句に仕上げたらどうですか。

添削　仲のいい嫁を娘と間違われ

原句　新調の傘開けずに雨の中　S.Y.（女）

何故傘が開けなかったのか。新調で初めて使うからよく分らなかったのか。そこらあたりが漠然としています。傘が開けなかったら雨の中に立ち尽くすのも当たり前の話しになってきます。傘を擬人化しましょう。

添削　新調の傘に手古摺り馬鹿にされ

課題に向き合うということ

課題「半分」に対して、どう向き合えばよいでしょうか。作句にあたって、まずは国語辞書で改めて「半分」の意味を確認する。類語辞典で似たような言葉を探す。ネットで検索してさらに何かヒントが出てこないか試してみる。こんなやり方で、いろいろな発想が生まれます。これらは今まで何回も話してきました。

そこからどうするか。「半分」という言葉に感情を注入してみますか。「半分」を「単なる半分」として取り扱わず、「感情のある半分」としてつきあおうとするのです。何でもいいですから、具体的なものをイメージして、半分に分けられた対象物に飽きることなく焦点を当ててみる。そうすると次第に擬人化されてきて、その中にある気持ちを汲み取ることができるかもしれません。

と、ここまで書いてきて「それはオーバーなんじゃない」「何をへんてこりんに言っているのだ」「ついていけない話だ」などとツッコミが入ってきそうです。でも、皆さんから頂いた作品には「半分」への思い入れが読み取れたものがいくつかありました。課題へ真摯に取り組んだ成果だと考えています。

課題への向き合い方で、さらに角度を変えて攻めてみましょう。課題を呪文のように唱えて散歩でもすれば、周囲から怪訝な目で見られるかもしれませんが、足の裏からの刺激でとんでもない発想が生まれ、「そうか、なるほど」と思わず声に出しそうになる、納得のいく句が詠めてくるかもしれません。自分の体へ与える刺激の感覚から、脳を活性化させて何か発想を見つけるやり方になりますか。

汗をかくのは体だけではありません。考えて考え抜いて、頭の中にも汗をかけば自分で納得できる句はいつか必ず生まれます。いずれにせよ、課題へ向き合う自分のスタイルを少しずつ固めていったらいいでしょう。

テーマ「半分」

原句　生かされて返す半分生きる道　S.M.（男）

下五の「生きる道」が演歌調というか、教訓的なにおいが漂っています。もう少し具体的なものを持って来ましょう。「半分」を詠み込まず、子と妻の愛を半分ずつ盛り込みますか。

参考　生かされた恩は子の愛妻の愛

原句　運命に導かれ縫う半世紀　S.M.（女）

人生一〇〇年、などと言われるようになりましたが、結婚生活も半世紀（金婚）に及ぶことが普通になってきています（離婚も増えていますが…）。原句の言葉づかいでは中七の「縫う」が気になります。句の中でしっくりしていません。

添削　運命の糸縺れ合い半世紀

原句　五分の粥疲れた胃腸ホットする　H.K.（女）

下五「ホットする」の表記は「ホッとする」か「ほっとする」が正しい。気をつけましょう。句の内容については、具体的な場面を想像して、そこへ何かを盛り込んだらどうでしょう。温泉に泊まり夜の宴会で飲み過ぎてしまった。翌日の朝食にお粥が出てそれが美味かった。

そんなよくある光景はどうでしょう。

添削 五分の粥胃腸がホッと宿の朝

原句 おまんじゅう半分に分けご満悦　S.T.（男）

ご満悦なのは食べる方の立場なのでしょうが、角度を変えて、食べられるまんじゅうを擬人化し、半分に分けられたまんじゅうの気持ちを詠んだらいかがでしょう。半分に分けられなかったら、兄弟喧嘩のもとになっていたかもしれません。中七下五が句またがりになりますが…。

添削 半分に分けられまんじゅうも安堵

原句 法螺吹きの話半分受け流す　I.E.（女）

当たり前のことを詠んだようなので、もう少しひねった方がいいかなと思います。法螺吹きの話をまともに聞く人はいません。受け流すのは自然な態度です。発想を全く逆にしてしまいませんか。ひねり方を三〇度ぐらいではなく一八〇度変えてしまうのです。一気におもしろくなります。下五でどんでん返しの言葉を持って来ましょう。

参考　**法螺吹きの話し半分だが飽きず**

原句　**歳かしら全て半分づつで良し**　N.H.（女）

下五にある「づつ」は旧かなづかいのため「ずつ」が望ましい。しかし句の発想はおもしろい。老いてくると欲求も半分ぐらいになります。そういう生活態度が健康を保持するうえで大切でしょうし、この句ではほのぼのとしたものを感じさせてくれます。上五の「歳かしら」が少しもたついた表現になっています。そこら辺りを含めて少し弄ってみると…。

参考　**老いていくカロリーハーフ受け入れて**

原句 半分は華麗な嘘で言いくるめ　O.A.（女）

華麗な嘘という言い回しは斬新ですね。華麗な嘘に言いくるめられただけでなく、そこからどんな展開になったのか、それをフィクションとして盛り込んだらどうでしょう。あまりにも言葉巧みで華麗な嘘は、かえって眩惑《げんわく》されてしまうところもあるのではないですか。

参考 半分は華麗な嘘を信じちゃう

原句 何につけ半分分けで共白髪　K.M.（男）

老夫婦の情愛が浮かんでくる句です。下五の「共白髪」は言い古された表現ですが、この句の場合は、上五中七との組み合わせでそれなりの効果が出ているように思います。半分分けの具体的な何かを持ってきても悪くありません。

参考 ステーキも半分こして共白髪

原句

嬉しさを半分にしてお裾分け　T.E.（女）

なかなかいいですね。自分の嬉しさを半分に減らしてお裾分けしたからと言って、実際に嬉しさが半分になってしまう訳ではない。たとえ嬉しさが半分になったとしも、実は嬉しさを分かち合う喜びで、結果的にはかえって嬉しさは倍加するかもしれませんね。計算の合わない話になってしまいますが、感情の動きとはきっとそういうものなのでしょう。

参考

嬉しさは半分でいいお裾分け

原句

半分と半分足していい夫婦　S.M.（男）

夫婦関係の言葉でベターハーフというのがあります。お互いが相手をより良い半分と謙虚に認め合うことで、夫婦という関係性がいつまでも仲良く続けられる。そんなことを思い出した佳句だと評価します。

参考

半分と半分だから末永く

課題を考え抜いて詠む

「憎い」とは、どんな心理状態を言うのでしょう。「可愛さ余って憎さ百倍」などと言いますが、愛と憎とは同じ心の動きです。「憎い」「憎む」とは「愛しい」「愛する」の裏返し。だから今まで愛していた人が何かのきっかけで急に憎くなるのです。もちろん、その反対のこともまま起きます。

ドイツの哲学者ニーチェは、或る人を憎いと思ったら、その人は自分より上の人間だと悟らなければいけないと言っています。自分より下の人間なら、ただ軽蔑するだけで憎く思うことはないという訳です。

人を憎く思うことには、意外と複雑な心理が絡んでいます。だから自分と向き合って憎い句を詠むにも無限の広がりがあると言えましょう。さて、今回皆さんが詠んだ成果の広がりはいかがだったでしょうか。

テーマ「憎い」

原句

一人先あの世へ行った憎い人　S.M.（女）

上五の「一人先」は舌足らずな表現です。字余りになっても「一人先に」としないと意味が滑らかに通りません。憎く感じることをもっと誇張して強めませんか。

添削

天国の夫気楽な顔だろう

原句

長時間待たせストレスですと医者　H.K.（女）

この句は、感想を読んでもなかなか理解できない。三時間待って三分の診療、などと言われる大病院の外来診察を皮肉った方が分かりやすいでしょう。上六の字余りになりますが…。

参考

待たせるだけ待たせ具合はどうですか

原句
自己主張オレには出来ぬもどかしさ S.T.(男)

何か具体的な場面を設定した方が、説得力のある句になります。若い頃の苦い経験などを持ち出したらどうでしょう。上七になりますが…。

参考
クラス討論何も言えない僕がいた

原句
愛しさと憎さ絡んだ片思い S.K.(女)

この「絡んだ」は上手い。片思いの複雑な感情を表わすのにぴったりはまっています。一方的に恋しく思うことが片思いではありません。結構いろんなことが絡まっているのです。「てにをは」を少し直した参考句を記します。愛と憎の割合が微妙に違って、味わいも変わってくるのが分かると思います。

参考
愛しさに憎さが絡む片思い

原句 **品枯れに他所の野菜で荒稼ぎ** I.E.（女）

異常気象による野菜高騰に参る方がかなりいるのではないかと思います。感想では、キャベツ需要を捉えて、他所のキャベツで荒稼ぎをした人を題材にした旨のことが書かれていました。自由主義経済とはそんなものかもしれません。

参考 **いいように野菜食わせる野菜高**

原句 **憎い詐欺高齢者食う電話口** S.Y.（女）

冒頭の「憎い」は不要です。五七五の定型にまとめるため、無理に落とし込んだ嫌いがあります。電話で商品を売りつける言葉巧みさ、厚かましさ、強引さに焦点を当てましょう。それを誇張してみましょう。

添削 **若さまで売りつけてくる電話口**

原句　**可愛ぶる「でも」と「だって」に押し切られ**　O.A.（女）

冒頭の「可愛ぶる」はあまりにも直接的な表現ですね。もっとひねって遠回りさせましょう。遠回りさせて、可愛ぶったところを浮かび上がらせます。

感想の中で、「」（かぎかっこ）の使い方の質問がありましたが、川柳ではかぎかっこのみならず、句読点も含めて文字以外の記号は使わないのが一応の原則です。それは、座の文芸として作品は声に出して読まれ、耳から入って味わうのが川柳の原点だからです。記号は目から入っても耳へは届きません。

参考　**拗ねた眼のでもとだってに首ったけ**

原句　**この想い分からぬ君は憎い人**　N.H.（女）

「この想い」がちょっとぼやけています。ストレートに好きですと言っちゃいましょう。「憎い人」は直接的ですから、少し揶揄した表現に変えてみますか。

添削　好きですが分からぬ君は野暮な人

原句　足掻いてもDNAの外れくじ　Y.K.(女)

遺伝子の嘆きを詠んだもので面白味がある句ですが、「外れくじ」はそのものズバリの言い方で身も蓋もないと受け取られます。こういう場合も擬人化して、少し可愛く表現しましょう。

添削　足掻いてもDNAは嘘つかず

原句　憎からず思う人ありボケの花　S.A.(女)

下五の「ボケ」は「木瓜」と「呆け」を掛けていると感想にありましたが、「木瓜の花」と表記しても「呆け」と掛けていることは分かるでしょう。読み手に深く読み込ませればいいのです。そのためには何度も推敲して作品に磨きをかけないといけませんが…。

参考　老いらくの恋を冷やかす木瓜の花

原句　ライバルのあっぱれ憎い糧とする　K.M.（男）

下五「糧とする」は優等生的な発言で、教訓的な感じもします。いい人間になろうとして句を詠んでもおもしろくありません。遠慮なく嫉妬しましょう。

添削　ライバルがあっぱれどこも妬ましい

原句　憎しみは捨てて笑顔の人になる　T.E.（女）

笑顔なんか無理に作る必要はありません。笑顔になれない自分と向き合って句を詠むのです。そこから新鮮な自分が生まれる気配を感じられればそれで充分。創作の醍醐味はそういうものなのです。

添削　憎しみを捨てた笑顔がぎこちない

原句　福を引き喜色満面憎い人　I.K.（女）

下五の直接表現を変えましょう。「憎い」と直接的に言わず、憎さを詠んだ方が強力です。

添削　福を引き喜色満面見せつける

原句　いい人を甘い言葉で絡む詐欺　S.K.（女）

「絡む」（自動詞）は「絡める」（他動詞）の方が適切。それで字余りになるなら「包む」の方に変えたらいいでしょう。上五の「いい人」はあえて言うのは不要です。詐欺より詐欺まがいのコマーシャルに目をつけたらどうでしょう。

添削　通販の甘いセリフは罠と知る

開き直ることの大切さ

「妬む」とはどういうことでしょう。類語辞典を繙くと、「羨む」「妬く」「やっかむ」などが近い言葉として並んでいました。

そういったことを踏まえて作句することも大切ですが、それとは別に、人を妬むとは悪い心、いけないことなのだと決めつけず、人間は誰でも妬む心を持っているのだと開き直ってこの言葉と対面すると、案外違った視界が開けてきそうです。

自分が妬んだ過去の経験を思い起こして、素直にそれと向き合うと何かが見えてくる。そこをうまく捉えて句の題材にする。これを五七五にすんなり収めれば、自ずと作句の満足感が得られるはずです。

テーマ「妬む」

原句

妹が生まれ我慢といとおしさ　N.K.（女）

子育てによくある光景を詠んでいます。お姉ちゃんになった嬉しさ反面、ママを取られてしまった悲しさ、その気持ちも分かりますが、こういった経験が当人の成長にいずれは糧になるだろうとの前向きの気持ちを入れたらいいかもしれません。課題の「妬む」から少し離れてしまう嫌いはありますが…。

添削　妹にママを取られて知る我慢

原句　限定品一人手前で売り切れる　H.K.（女）

これはおもしろい見つけ方です。こういう経験は、考えてみるとほんとに妬ましい話です。その妬ましさを更に実体験として強調するとこうなりますか。

参考　限定品私の一歩前で売れ

原句　負けん気の羨ましさにこみ上げる　S.M.（女）

こみ上げてくるものを持て余している情景をもっと思い描きましょう。さらにそこからどんな半生の総括が生まれてくるか。

添削　負けん気の強さ生き下手だと思う

原句　シャンシャンを妬むレッサー二本立ち　S.K.（女）

東京にある上野動物園のシャンシャン誕生に、日本国中が沸いた時期がありましたが、他の動物たちだって可愛いものです。レッサーパンダも少し僻んでいるかもしれません。レッサーの二本立ちは当たり前なのでちょっと誇張してみませんか。

添削　シャンシャンが何さレッサー仁王立ち

原句　妬んでもどうにもならぬ負の世界　S.T.（男）

妬んでみてもどうにもならない。それを分かってはいるが抜け出せない。そういう自分と正面から向き合いましょう。まず己を知ることが大切です。

添削　妬み癖抜け出せぬ負のスパイラル

原句　妬みの実ほどよく煮つめジャムの瓶　O.A.（女）

妬む心理というのは持続的なものです。そこが怒りや喜びと違うところと言えましょうか。その持続性に着目して煮つめたジャムを連想する。これは素晴らしい作者の世界です。「ジャムの瓶」の「瓶」は不要でしょう。ジャムそのものに焦点を当て、妬みがジャムに昇華したというふうに詠んでみると、昇華したジャムのお味は極上のものになっているはずです。

参考　妬む実をほどよく煮つめジャムにする

原句　お相手の技量妬んで策を練り　I.E.（女）

感想では、策を練っても悪知恵になる旨のことが記されていました。悪知恵では功を奏することはないでしょう。そこを詠んでみるとおもしろくなります。

添削 お相手を妬んでばかり策がない

原句 幸せを邪魔するなんて不快だわ　N.H.（女）

妬む心理を他人事とせず自分にぐいっと引き寄せてみませんか。私は人の幸せを邪魔しようとする思いを持ったことがありました、と嘘でも宣言してしまいましょう。

添削 幸せを邪魔するなんて私馬鹿

原句 ライバルに負けて涙の逆上がり　Y.K.（女）

逆上がりがなかなかできない。ライバルというより自分自身との闘いでしょう。努力次第で逆上がりは出来そうなのに、まだ出来ないでいる当人はそのことに気づいていない。子供心とはそんなものではないでしょうか。

添削 友達はできているのに逆上がり

原句 お年玉同居の孫の預金高　S.A.（女）

私の年金は先細るばかり。他方、孫はお年玉を毎年たくさん貰っている。孫は可愛いけれどちょっと矛盾も感じてしまう。ここらあたりをコミカルに詠み込んでいますが、あえて「同居の孫」と言い表わす必要はないでしょう。

添削 ばあちゃんの身の丈超えるお年玉

原句 妬みから痛くない腹探られる　N.K.（女）

原句のままでもいいのですが、上五から下五へと続く流れがちょっと理屈っぽいですね。何々だから何々されるという論理の展開を取っ払いましょう。

参考 痛くない腹を探っている妬み

原句 嫉妬心湧くよな昔に返りたい K.M.(男)

詠み方が素直すぎます。言いたいことはよく分かりますが、何かもの足りない。何かを持ってきましょう。ついでに中八も解消させます。

添削 嫉妬心そんな若さもあった空

原句 できる人無視して知らんぷりをする T.E.(女)

この妬み方は現実味があって、人間の心理をうまく突いているところがあります。妬んでいるのだから、出来る人とあえて言うことは不要です。

添削 妬みますだから貴方を知らんぷり

原句　**遺伝子を忘れ他人の子を妬む**　I.K.（女）

「遺伝子を忘れ」の表現はあまりひねりがありません。「蛙の子は蛙」の諺をベースに使いましょう。

添削　**どうしても妬んでしまう蛙の子**

原句　**売れっ子を妬む空白スケジュール**　S.Y.（女）

なかなかいい見つけ方ですね。芸能界の裏側をうまく覗かせるような表現になっています。五七五にすんなりまとまっていますし、空白のスケジュールが擬人化されて、妬ましさがうまく浮き出ています。このままで。

時代との向き合い方

川柳を詠むにあたって「時代」とどう向き合っていけばいいのでしょうか。

川柳の題材として、しばしば「ダメージデニム（穴あきGパン）」や「スマホ」が使われます。膝頭や太腿などにわざと穴を開けたパンツの奇抜さは、これがファッションとして登場した当初はかなりの衝撃があり、句として詠まれるには格好の材料となりました。またスマホの普及にもの凄い勢いがあり、気がつけば電車の中で乗客みんながスマホの画面とにらめっこする異様な光景が此処彼処で展開され、これをもとに句がいくつも詠まれました。しかし両者とも今ではごく自然の風景になっています。

時代の変化というものは恐ろしいものです。デジタル・デバイド（情報格差）という言葉があります。格差社会などと言われて久しいですが、情報にも格差があります。ネットを使うか使わないか、スマホを持っているかいないか、これは貧富につながるような格差を生む線引きになっています。

近い将来、キャッシュレス化が進行すると、銀行のＡＴＭは無くなっていくことでしょう。子供の教育にタブレット端末が当たり前のように普及すれば、勉強道具としての鉛筆や消しゴムは消えていくかもしれません。そういう社会へ向かっていくと、それに追いついていけない人たちは、経済的にも追いつめられていくのです。

例えば、店で物を買う時や外食する際に、現金で支払うかクレジットカードを使うか、どちらが得だと思いますか。カードを使うと、お店は売上げ代金の3％程度をクレジット会社に手数料として支払います。商売するお店の方は、その手数料相当分を当然経費として原価に上乗せして価格を設定しています。

しかし、カードを使っている人は支払った額の1％程度のポイントが還元される訳ですから、少なくともカードを取り扱っているお店においては、一括払いのカード利用者は差し引き2％の割高、現金支払い者は手数料分そのままの3％の割高になります。どっちが得かここでお分かりになると思います。カード利用者のほとんどはネットを使って支払いを管理していますから、こういうことも経済格差を助長しているのです。そしてカード決済も、今やカード不要のスマホ決済（電子マネー）に移行していく段階にまでなっています。富裕層と貧困層との格差問題には、あまり表面化されていない情報の格差が潜んでいます。

ある程度の年齢に達すると、ICT（情報通信技術）を学んで使いこなすには無理な脳味噌になっています。また、それに何とかついていこうといくら頑張っても、例えば老眼が進行して満足にスマホも見られない身体になっていきます。我が子や孫の世代に教えてもらって、やっと画面を弄れるくらいが精々になってしまうのです。

さて、ダメージデニムはもう当たり前のファッションです。これを詠み込もうとするなら、余程大胆な着想で切り込まないともう興趣のある句は詠めないでしょう。スマホばかりを眺めて人の顔や景色を見ない乗客も決して不自然ではなくなりました。命の次に親よりも大事なスマホの世の中なのです。

この先とんでもない未来が待っているかもしれないというのに、現実の波にすら乗れ切れていない者が時代を揶揄しても空しい風が吹くばかりとなります。

川柳は消滅こそしませんが、衰退していく文芸の一つです。人口減少・少子高齢化の世の中で、今後隆盛を極めていくことは難しい話です。まず素直にこれを認めましょう。もし、情報ツールを駆使する若い世代に川柳文化をつなげていこうとするなら、少なくともある程度の思考の柔軟性を持たないといけないと思います。

社会に対して頑固を通すのが一番よくない。また世相に対して安易に迎合する態度もよくない。しかし、加齢に対抗して適度な柔軟性を維持することは、言うは易く行うは難しの話で、誰でもが物分かりのいい高齢者になれる訳ではありません。そういう意味で今は生きづらい世の中なのです。

生きていくには妥協が必要です。世の中の移ろいとどう折り合いをつけていくか。そうしながらも自己という存在を保持しなければならない。これは揺れることだと思います。揺れながら暮らしていくこと、そこから句を編み出していくほかはない。これが川柳的な観念の世界になると思います。

テーマ「届く」

原句

合格の知らせ何故だか嬉しい日　S.T.（男）

添削

合格の知らせ一気に空が晴れ

中七の「何故だか」は不要です。合格の知らせを嬉しく思うことに理由などありません。当然の感情でしょう。嬉しさを何かの形で表現しましょう。

原句

まな板のリズムで分かる今朝の妻　S.M.（女）

包丁でまな板を刻むリズミカルな音が、早朝から聞こえてくる。それだけでいい一日が始まる予感になります。欲を言えば、今朝の妻の何がまな板のリズムで分かるのか、そこは曖昧にしたままにできないと思います。

参考 **まな板のリズム朝から上機嫌**

原句 **夜半に鳴る電話ママかと酔っぱらい** H.K.（女）

感想を読むと、酔っぱらった人が夜半に「ママか」と間違い電話をしてきたことがあった、そのことを詠んだ旨が記されていましたが、それは残念ながら読み取れません。これは有り得ないことは承知の上で、おもしろおかしく誇張してみますか。

参考 **真夜中の間違い電話酒臭い**

原句 **無い袖も振って届けるランドセル** I.E.（女）

「無い袖は振れない」の慣用句をうまくひねって使いましたね。お孫さんへのランドセルかと思ったら、曾孫さんへのものと感想にありました。そのことを詠み込んだら、さらに詩情が深くなると思いますが…。なお課題「届く」は自動詞、原句にある「届ける」は他動詞です。

参考 無い袖も振って曾孫へランドセル

原句 異国より友の絵葉書風薫る O.A.（女）

これも中七と下五の関係に弱さを感じます。絵葉書のことについて、「異国より」と「友の」のいずれかは割愛していいのではないでしょうか。

課題「届く」の題で「届かず」「届いて」「届き」などのバリエーションは許されるのか、という質問が記されてありました。「届く」の題で届かないことを詠むことはよくないでしょう。句会や大会ではそれが佳句であっても多分入選しないと思います。届くことを否定している訳ですから、「太い」という課題で細いことを詠むようなものです。「届いて」「届き」は、動詞の活用変化です。国語の授業で習った未然形、連用形、終止形、連体形、命令形という変化は、作句の上では全く問題ありません。要するに否定する形以外の詠み込みはすべてOKです。

添削　異国から絵葉書風もはしゃいでる

原句　昭和期の恋のささやき黒電話　S.A.（女）

昭和レトロの世界の再現ということでしょうか。うまくまとめています。強いて言えば、もっと自分に引き付けて、作者が実際に恋をささやいたような風景に表現したら、もっと情感が増してくると思います。

参考　昭和期の恋ささやいた黒電話

原句　豆に出すハガキ忘れたころ当たる　K.H.（女）

上五の「豆に」は誤記です。「まめに」の平仮名表記でいいでしょう。句の着想はいいと思います。上五は「まめに」ではなく「たまに」の方がおもしろいような気がしますが、より分かりやすくするためにさらに直してみました。

添削　懸賞のハガキ忘れた頃当たる

原句　紙上から毎年届く花便り　K.H.（女）

上五の「紙上」は新聞になり、「誌上」にすると雑誌になります。中七の「毎年届く」は、作者の正直に感じたところでしょうが、ここは焦点を当てるべきでしょう。

添削　紙上から今年も届く花便り

原句　届くまでいたずら盛り手を伸ばす　S.Y.（女）

一歳半のお孫さんのことを詠んだようですが、具体的にそのことを詠み込んだ方が分かりやすいでしょう。少し事実と異なりますが、ご了承ください。

添削　一歳児届くものなら手を伸ばし

原句　**首長く待っていますよ良い返事**　N.H.（女）

上五から中七にかけての「首を長くして待っています」という言い回しは、既に慣用表現として定着していますから、何らかの作者的な言葉に変えるといいでしょう。下五の「良い返事」も具体的なものを持ってきたらどうですか。鶴首という言葉があります。鶴の首は長いので、そのようにして待つという意味です。

参考　**呱々の声まだかまだかと鶴首する**

原句　**肩のこり合格知って夢の中**　N.H.（女）

上五の「肩のこり」と中七の「合格知って」の取り合わせがおもしろい。まさに合格点をあげたいくらいです。ですから、下五の「夢の中」はもう不要ではないですか。

参考　**合格の知らせにとれる肩のこり**

原句　梨送りみかんが届く友元気　K.M.（男）

送った梨か送られたみかんか、どちらか一つに絞り込みましょう。丸いみかんを擬人化して、そこから笑顔を想像する。そして友の元気も汲み取る。そういう段階を踏んだ句の詠み方を覚えてください。

添削　送られたみかんの笑顔友元気

原句　風に乗り梅の香心あたたまり　T.E.（女）

茨城県水戸市にある偕楽園へ観梅に行ったことが感想に記されていました。中七から下五への「心あたたまり」は、もう少しひねった表現にした方がいいのでは。添削句はロマンチック過ぎるかもしれませんが、想像の世界で妄想を膨らませるのも、自分の心の中を楽しむ特権です。

添削　風に乗る梅の香恋を呼び寄せる

時事川柳を詠む心得

よく時事川柳には賞味期限があると言われています。時間が経てば、何について詠んだのか分からなくなってしまうという欠点のことです。裏を返せば、時事川柳にはタイムリー性が必要だとも言えます。しかしこのことに絡めて、時事川柳には決定的な弱点があります。それを私自身の苦い経験から述べていきましょう。

私が川柳に出合って三年目の頃、下野川柳会の例会で初めて三才に入選したのが、平成六年七月の時事川柳「農薬に虫より人が殺気立ち」という句でした。

これは数日前に長野県で起きた松本サリン事件が話題となっていて、それをいち早く詠んだものでした。サリン事件は平成七年三月に起きた地下鉄サリン事件の方が大きく取り上げられますが、その前年に起きた松本市の事件も悲惨で衝撃的でした。

当初サリンによる殺傷とは分からず農薬によるものではないかと推理され、第一通報者が大学で薬学を学んだ人で、なおかつ自宅に農薬がたくさんあったため容疑者にされてしまいました。そしてこの方の妻もたくさんの被害者の中の一人として意識不明の重体になっていたのです。マスコミはその後、警察の捜査情報に基づいてこの人物が、サリンを生成して撒布した犯人であるかのような報道を流し続けていました。私もそれを半ば信じていました。

この事件の捜査の進展とは別に、当時の私は初めて例会の三才にうまく採られたことで、そのタイムリー性にすっかり自己満足していました。作句の励みにもなりました。まだ三〇代半ばの頃です。

ところが、今でも忘れられないことですが、約半年が経過した翌年の平成七年一月一日の読売新聞一面トップに「上九一色村にサリン生成の残留物質が検出された」とのスクープ記事が載りました。これで松本市の事件は当然農薬と全く関係がなく、第一通報者が一番の容疑者であることは完全な間違い、全くの濡れ衣であることが判明したのです。通報者で家族に被害者もいる方が犯人に仕立て上げられる。これほど過酷なこと、痛ましく気の毒な話はありません。オウム真理教が引き起こした地下鉄サリン事件には、こういう大きな前段階があり、当初からその展開を予想している者などはいません。

私の句は、読売のスクープで寝惚けたような句に成り下がり、無価値となって見事に死んでしまったのです。以降この句は、私の心の中に封印してしまいました。

犯罪とは、最後の司法判断まで分かりません。いや、最終判決後の再審無罪というのもしばしば報道されます。最後の最後まで気をつけなければなりません。川柳に詠むにあたっても慎重さが必要です。

事件や事故などの社会的事象をタイムリーに風刺する、揶揄するのが時事川柳ですが、物事は最後にならないと分からないということは肝に銘じておく必要があるでしょう。そして、外野（第三者）の立場で句を詠もうとしながらも、常に当事者の心へも思いを馳せる。その心がけは大切だと思います。

テーマ「雨」

原句

田植時期恵みの雨に歌も出る　S.T.（男）

上五の「田植時期」の「時期」という言い回しは、少しぼやけたものになっています。田植が済んだ頃に焦点を絞り込みましょう。さらに下五の「歌も出る」の「も」は「が」に直しましょう。「何々のほかに何々も」という強調のために「も」をよく使いたがりますが、推敲して「が」に換えた方が、「歌」に焦点が当てられ、かえって「歌」が強調されるのです。

参考

田植して恵みの雨に歌が出る

原句　今日の雨明日は必らず桜咲く　S.M.（女）

中七の「必らず」の「ら」は不要です。辞書で送り仮名を確認してください。今日は雨でも明日は必ず桜は咲く、そういう花に寄り添った気持ちも大事ですが、雨でも桜は咲くでしょうから、少し発想の転換を図った方がおもしろそうです。花全般に言えそうなことで詠み直してみました。「今日」を二度使ったリフレイン効果が出ていると思います。

参考　今日の雨今日を限りの花が咲く

原句　雨だれの根気に負けた軒の石　H.K.（女）

何事も「石の上にも三年」の諺どおりですね。しかし、中七の「根気に負けた」の言い回しには理屈っぽさがつきまとっています。石の状況を現在進行形にしたらどうですか。その方が余情のあるものとなるでしょう。

参考　雨だれの根気が続く軒の石

原句　雨無くば田畑潤し実りない　I.E.（女）

どうも教訓調ですね。田畑を擬人化して、雨の降らない悲しさを出しましょう。

添削　雨のない田畑無言で泣いている

原句　登山靴傘のマークがその日だけ　B.H.（女）

下五の「その日だけ」の措辞がおもしろい。お空の天気の嫌がらせでしょうか。私の日頃の行いはそんなに悪くないのに…、と愚痴りたくなりますね。

参考　山の日へ嫌がらせする傘マーク

原句　夕立に寄り添う二人傘の中　N.H.（女）

夕立に寄り添うとなれば、傘をさしているでしょう。まさかずぶ濡れになっている訳ではないはずです。そうすると、下五の「傘の中」は言わずもがなの表現になります。何か持ってきましょう。

添削　**夕立に寄り添う二人恋となる**

原句　**雨宿り恋のかけひき傘の中**　S.A.（女）

上五の「雨宿り」と下五の「傘の中」の取り合わせに矛盾を感じます。傘をさして雨宿りはしないでしょう。どちらかは削除しないといけません。相合傘の中での恋のかけひきの方が、緊張感が自然と漂いおもしろいでしょうか。

添削　**止まないで恋のかけひき傘の中**

原句　**愛されて花に佇むかたつむり**　O.A.（女）

上五の「愛されて」が曖昧です。かたつむりが花に愛されて、なのですか。上五と下五が離れていますので、分かりづらい。句意は変わるかもしれませんが、人に花が愛されていると解釈したらどうでしょう。花にスポットライトを当ててみましょう。「てにをは」の一字を変えただけで、花への情感が湧いてきて、それに寄り添うかたつむりにも情愛が生まれてくるような気がしませんか。

添削　**愛された花に佇むかたつむり**

原句　**シトシトと降る雨恋し雨蛙**　K.H.（女）

「雨」という課題で、「シトシトと降る雨」は当たり前の表現ですね。その雨を「恋し雨蛙」というのもこれまた当然のことです。さあどうしましょう。梅雨になって元気が出て来た光景に変えてみますか。

参考　**梅雨入りへ元気溌剌雨蛙**

原句　**外は雨仲間楽しいバスの旅**　K.M.（男）

バスの旅に「仲間」は大体つき物ですから、これは省きましょう。「楽しい」もストレートな言い回しですね。

添削　外は雨されどわいわいバスの旅

原句　紫陽花が元気をくれる出勤日　T.E.（女）

上五から中七へ「紫陽花が元気をくれる」という措辞は独自性があって素晴らしい。しかし下五の「出勤日」が平凡ではないですか。ブルーマンデーなどと言いますが、雨の月曜日はさらに最悪です。そこに満開の紫陽花を登場させましょう。

添削　紫陽花が元気をくれる月曜日

原句　絶景を雨に邪魔されねずみ色　S.Y.（女）

カラフルな絶景を期待していたら、雨の所為ですべての景色はねずみ色になってしまう。

期待が大外れの旅行になりましたか。中七の「邪魔され」は受け身の表現ですが、それを能動的言い回しにしてもいいかな、と思いました。

参考　絶景を雨が邪魔したねずみ色

原句　満開の桜に涙雨が降る　S.T.（男）

中七から下五へ句またがりになっていますが、「涙雨」とはうまい措辞です。お空の天気は桜に何の恨みがあるのかい、と問い質したくなってしまいます。花曇りもいいですが、満開の桜は、空が晴れてこそ笑顔も満開になるものです。このままで。

あとがき

本書は、著者が同人として所属する下野川柳会の柳誌「川柳しもつけ」において、平成三〇年一月から令和元年一二月までの二年間、講師として会員に毎月添削指導していた「新人教室」二四回分の原稿をもとに、これを大幅に加筆訂正したものである。

同教室は、講師が毎月課題（本書では「テーマ」と表記）を出して受講生（一〇数名）がハガキまたはeメールにより投句したもの（二句一組）を添削して指導する形式のものであった。投句作品には作者の感想を付してもらうようにしていた。

添削するにあたっては、なるべく原句を尊重しながら、感想を踏まえて丁寧に加筆しようと試みたが、どうしても句意から離れた添削となってしまった場合は、これを参考句（本書では「参考」と表記）として載せた。また、原句のままで添削する必要がないと合格にした句についても、他にこういう切り口や措辞もあるのではないかということを述べたい場合は、これも参考句（本書では同じく「参考」と表記）として示した。

毎回、添削指導の前に講義のようなことを書き連ねた。川柳を詠むうえでの心構えのようなものや文法や修辞法についてのことなど、著者が三〇年近く川柳と関わって自分なりに蓄積してきたものを披露している。これらの内容は川柳全般について網羅的に記述したものでも系統的に示したものでもない。トピックスとして、著者が毎回思いついたものを書いている。内容によっては、文芸的にあるいは国語的に難しいと思われるものもあったが、本書を出版するにあたって、中級者向けにも読んでもらいたいという意図があるので、あえて掲載した。じっくり読み込んでいただければ理解してもらえるものと思っている。なお著者は文学や国語の専門家ではないので、厳密性に欠ける説明もあるかもしれないが、川柳教室としては理解しやすい柔軟な説明を宗としているので、予めそのことをおことわりしておく。

本文の中でも言及しているが、添削というものは、添削する指導者の数だけ添削例があると考えるべきであろう。言い換えれば、絶対的に正しいと言えるような模範添削例は存在しない。つまり添削とは常に相対的・主観的な要素を孕んでいるので、読者が本書を読んで、著者の添削例にすんなり納得しないことがあるかもしれない。しかしそれはそれとして、添削教室というのはいずこも同じであると解釈すべきであろう。

これは川柳のみならず短詩型文芸全般に言えることでもある。短詩型文芸とは、出来上がった作品でも添削例でも、読み手は常に好意的な態度で読み込んでいかないと何事も進まない。そのことは常に念頭に置くべきだと考えている。

以上、本書を読むに際して了解してもらいたいことを書いた。

次に、本書を上梓するまでに至った経緯について、三〇年近く前、私が川柳という親友に出会ったことに遡ってお話ししたい。

三六歳頃に川柳と出会い、生涯の友（趣味）はこれだとすぐに決まってしまった。それからはいつも川柳と一緒という人生を歩むことになったのだが、最初の頃は、地元新聞文芸欄の柳壇に投稿した自作が入選して活字となることに喜びを感じる程度だった。それから下野川柳会をはじめとするいくつかの吟社に入会して、座の文芸としての川柳を楽しむようになった。さらにいろいろな大会へ参加したり、いくつもの誌上大会へ応募したりしていたが、一〇数年経つと、そういったところで入賞することに少しずつ飽きてきて、自分に向き合う雑詠に作句姿勢がシフトしてきた。

そんな時期に、自分は上級者とまでは言わないが、少なくとも初心者を卒業して中級者レベルぐらいには達したのではないかと、私なりに思い始めた。それは「川柳研究会 鬼怒の芽」という集まりで合評会を続けてきたことにもよる。

「鬼怒の芽」は、一〇名前後の柳友が参加して、年齢や柳歴を一切問わず完全平等な立場で、各自が持ち寄った雑詠作品三句を率直に批評（忌憚なく貶し、素直に褒める）し、みんなで楽しく添削する場である。ホワイトボードに書かれた匿名作品と一つ一つ向き合って、二時間以上ぶっ通しで議論する。いつも私がＭＣを務めるが、ガチンコでやるのであっという間に時間が過ぎることとなる。私はいつも心地よい疲れを感じながら帰宅したものだった。この「鬼怒の芽」という鍛錬の場での経験からも自信がついていきて、いつかは初心者への添削指導をしたいと思うようになった。

今から三年前に六〇歳できっぱりと定年退職すると、「川柳しもつけ」の編集部から、長く続いている「新人教室」欄を担当しないかという話しを持ちかけられた。時間的な余裕があったので素直に承諾した。同時に「読売新聞とちぎ時事川柳」の選者の話しも依頼され、これも快く引き受けた。自分が漠然と想定していたことが自然と実現したような気がした。

振り返ってみると、私の川柳人生にはそれなりのステップ、曲がり角があったなあと実感している。川柳に出合った頃は、三〇年後にまさかこんな川柳人生になっているとは想像すらしていなかった。

川柳を趣味とするには若い時分から始めた方が有利である。やはりキャリアがものを言う。多読多作の経験を積んでベテランになると、自分の川柳をしっかり詠めてくるからである。

しかし川柳はキャリアだけではない。六〇歳を過ぎてから、あるいは高齢者の仲間入りをしてから川柳と出合い、見事に花を開かせた方もたくさんいる。若い時から創作へのポテンシャルを持っていて、それが何かのきっかけでスパークするように発揮されるのである。実際に「川柳しもつけ」の「新人教室」受講生からもそういう人が出ている。

なぜ自分には川柳なのか、これを改めて振り返ることも大切だと思う。いろいろな趣味の世界の中からあえて川柳を選んだことについて見つめ直してみると、自分には若い時分から言葉や表現にいつもアンテナを立てていて、言葉と格闘しながらも自分の思いを吐ける川柳に向いていた、そのことに改めて気づくのではないか。

川柳に出合うのも何かの縁。その縁を大切にして川柳に向き合い続けることに少しでも運命的なものを感じ始める。その時点で目に見えない上達の道は用意されていると信じていいだろう。後はあまり力もうとせず、じっくり長く続けていくほかはない。そして道はさらに開かれていく。

先にも書いたが、本書は自分を中級者レベルだと思っている方にも是非読んでもらいたい。今まで歩んできた川柳の道をさらに邁進していくうえで、改めて何らかの参考になればと願っているのである。

最後になるが、今回連載した内容を整理して加筆するに際し、いつものように新葉館出版の竹田麻衣子さんに大変お世話になった。心より感謝申し上げる。

令和二年一〇月吉日

三上博史

●著者略歴

三上博史（みかみ・ひろし）

昭和31年生まれ、栃木県壬生町出身、早稲田大学第一文学部哲学専攻卒業、36歳の頃に川柳と出会い生涯の友とする。

下野川柳会同人、川柳研究会鬼怒の芽会員（以上栃木）、川柳展望会員、川柳文学コロキュウム会員（以上大阪）、栃木県文芸家協会理事・朝明編集委員長・事務局長、日本ペンクラブ会員、読売新聞とちぎ時事川柳選者。

著書に「川柳作家ベストコレクション　三上博史」「川柳の神様Ⅰ」（新葉館出版）。

三上博史川柳ブログ、Facebook「∬∬ 今日の一句 ∬∬」を発信中。

現住所　〒321-0226 栃木県下都賀郡壬生町中央町16-18

添削から学ぶ 川柳上達法

○

2020年11月16日　初　版

著　者

三　上　博　史

発行人

松　岡　恭　子

発行所

新　葉　館　出　版

大阪市東成区玉津1丁目9-16 4F　〒537-0023

TEL06-4259-3777㈹　FAX06-4259-3888

http://shinyokan.jp/

印刷所

株式会社 太洋社

○

定価はカバーに表示してあります。

ISBN978-4-8237-1044-5